KB097771

엄마의 문장

흔들리는 마흔에 참 나를 되찾게 해 준

엄마의
문장

길화경 지음

유노
라이프
LIFE

흔들리는 마흔,
나를 잃어 버렸다

육아의 최전선에서 조금 벗어난 시점, 한숨 돌리며 주위를 두리번두리번했습니다. 뭔가 알맹이가 빠진 듯한 이 느낌의 정체는 무엇이었을까요? 끼니 때마다 배꼽시계가 울리듯, 인생의 때마다 생체시계가 울리는 것일까요? '내가 사라지고 없다.'라는 존재의 부재와 함께 마음의 지층이 송두리째 흔들리며 알람이 울려왔습니다. 나는 이제 마흔이라고.

아이들은 점점 손에서 떠나가고, 남편은 사회에서 굳건히 자리를 잡는데 나는 지금 어디쯤 있고, 어디로 가야 하는 것일까? 엄마와 아내라는 역할 속에서 사라지고 없는 나라는 존재가 마음속 깊은 곳에서 희미하게 자신을 알려 왔습니다. 그렇게 마흔 앓이는 시작되었습니다.

'나는 누구이고, 어떻게 살 것인가?'라는 커다란 질문은 위대한 철학자들이나 하는 물음이라고 생각했습니다. 하지만 이 질문은 매일의 일상에 청구서처럼 도착했습니다. 아무도 강요하지 않고 보는 이도 없는데 혼자 그 답을 찾기 위해 안절부절못했습니다. '이 질문에 답하지 못하면 이대로 살아야 하는데 괜찮겠어?'라고 혼자 묻고, 답하며 점점 자신에게 시간을 들이기 시작했습니다. 온전한 나를 위해 부단히 읽고, 쓰고, 달리며 나를 찾으려 했습니다. 숱하게 휘청거렸고 그때마다 마음을 지탱하는 문장의 부축을 받으며 다시 일어나기를 반복했습니다.

> 우리의 삶이란 결국 부단히 나에게 이르는 길 외에 아무것도 아닌 것이다. 보다 나에게 성실하게, 보다 진정한 실존으로서 존재하고 싶다.
>
> – 전혜린, 《이 모든 괴로움을 또 다시》 중에서

20대 때에 저는 전혜린의 글에 매료되었습니다. 그녀의 불꽃 같은 삶을 동경하며 책을 읽고, 그녀의 문장 같은 삶을 살기 위해 부단히 노력했습니다. 전혜린의 고독에 전염되어 고독한 존재가 되어 시를 읽기도 했습니다. 새로운 경험을 할 때마다 매 순간 살아있다고 느끼길 열망했습니다.

30대에는 아이를 낳고, 잘 키우기 위해 자발적으로 경력 단절의 길에 접어들었습니다. 마치 처음부터 엄마였던 사람처럼, 글로 배운 대로 이상적인 엄마가 되기 위해 많은 시간을 애썼습니다. 엄마란 아이에게 끊임없이 무언가를 '채워 주는 존재'라고 생각했기에 엄마로서 저는 점점 생기를 잃으며 지쳐 갔습니다. 태어나자마자 여러 수술을 해야 했던 둘째를 낳고부터는 아이를 살리기 위해, 지켜 주는 엄마로서 살아야 했습니다. 그 시간을 무사히 통과할 때쯤 문득, 엄마 역할 속에서만 존재하는 나 자신에게 반기를 드는 마음과 마주했습니다. 그럴 때면 나는 모성도 없는 이기적인 사람인가 싶어 혼자 시끄러운 시간을 보냈습니다.

아이가 미숙아로 태어나면 일정 기간 인큐베이터에 들어가서 돌봄을 받는 것처럼, 저 역시 미숙하고 온전하지 못한 자신을 위해서 돌봄이 필요했습니다. 혼자 뚜벅뚜벅 인큐베이터 안으로 들어가는 심정으로, 외부로 향하던 시선을 내면으로 바꾸어 저를 응시했습니다. 읽고, 쓰고, 달리면서 저를 관찰하고 기록했습니다. 그 시간을 거치며 희미했던 나라는 존재가 점점 선명해지고, 납작했던 존재가 입체적인 존재로 거듭났습니다.

절벽 가까이로 나를 부르시기에 다가갔습니다.
절벽 끝으로 가까이 오라고 하셔서 더 다가갔습니다.
절벽에 겨우 발붙여 선 나를
절벽 아래로 밀어 버리셨습니다.
그 절벽 아래로 나는 떨어졌습니다.
그때서야 나는 내가 날 수 있다는 사실을 알았습니다.

— 로버트 슐러, (능력, 재능, 재주)

이 시의 문장들은 둘째 아이가 기형으로 태어났을 때와 경력 단절로 사회에서 도태되는 느낌을 받을 때 저를 지켜 주었습니다. 굽이굽이 순간마다 다가오는 불행도 내 편일 것이라고, 이유가 있을 것이라고 해석할 수 있도록 도움을 주었습니다. 덕분에 아픈 아이를 보며 감사할 수 있었습니다. 아이를 아무런 조건 없이 존재 자체로 사랑할 수 있게 되었습니다. 경력이 단절된 시간 동안 도태되고 있다는 위태로움은 오랫동안 즐겨 하던 읽고, 쓰는 작업을 직업으로 선택할 수 있는 원동력이 되었습니다. 엄마가 되고 희미한 나를 인식한 뒤에야 본래 나라는 사람에 대해 좀 더 알게 되었습니다. 그러면서 스스로 만든 속박에서 벗어나 어떤 환경에서도 자유롭게 날 수 있는 존재라는 사실을 어렴풋이 깨달았습니다. 어쩌면 불행은 우연을 가장한 필연의 모습으로 다가오는 새로운 기회일지도 모르겠습니다. 불행 속에서도 의미를 발견하고 제게 좋은 선택을 할 수 있었으니까요.

이 책은 한 '여자'가 '엄마'가 되고 나서 진정한 '나'를 찾기 위해 끊임없이 남긴 기록입니다. 읽고, 쓰고, 달리며 사색한 기록 저변에는 위태로운 순간마다 저를 지켜 준 문장이 있었습니다. 때로는 문장에 기대기도 하고, 때로는 문장을 통해 낡은 생각을 벗고 점점 나다워 질 수 있었습니다.

《엄마의 문장》이 육아의 최전선에서 벗어나 엄마와 나 사이 어디쯤에서 흔들리는 사람에게, 마흔 어디쯤에서 방황하는 사람에게 위로와 동기부여가 되길 바랍니다. 이 사색의 기록이 당신에게 기댈 수 있는 하나의 문장으로 남는다면 더할 나위 없이 기쁘겠습니다.

엄마가 작가가 되는 꿈을 이룰 수 있도록 옆에서 뜨겁게 응원해

준 채민이와 수현이에게 고마움을 전하며, 남편 박정호에게도 감사를 전합니다.

　엄마가 된 뒤 여자의 삶에 대해, 그리고 한 사람으로 존재하는 것에 대해 숙고했습니다. 그러면서 당신의 삶을 이해하고 존중하게 되었습니다. 나의 엄마 정영순 님께도 이 책을 바칩니다.

길화경

차례

3장

책 읽으며 삶을 곱씹다

"읽던 책을 그대로 펼쳐 놓은 채 생각에 잠기고"-안 에르보

4장

글을 쓰며 내면이 깊어지다

"픽션을 쓰려면 자기만의 방이 있어야 한다"-버지니아 울프

5장
마침내, 참 나를 되찾다
"삶이란 결국 부단히 나에게 이르는 길"-전혜린

1장
．．．．．．．．．．．．．．．．．．．．．．．．．．．．．．．．．．．

고통의 시간을
온몸으로 받아들이다

"죽음에 빚진 채 삶은 싹이 트고" -복효근

아이로 인한
예상치 못한 아픔

물고기 비늘에 바다가 스미는 것처럼
인간의 몸에는
자신이 살아가는 사회의
시간이 새겨 집니다.

— 김승섭,《아픔이 길이 되려면》중에서

무서운 정적이 흘렀다.

"남자아이, 손가락 10개, 발가락 10개."라고 간호사가 말해야 하는데, 분명 아이의 울음소리가 났건만 아무 말도 들리지 않는다.

"저, 저, 아이가…."

정적을 깬 간호사의 말끝이 흐려진다. 이어서 들리는 원장님의 말이 내 가슴속에 날카롭게 들어와 박혔다.

"아이가 한쪽 손가락이 하나 더 있네요. 당황스럽고 놀랄 수 있는데 별것은 아니에요."

애써 대수롭지 않은 일이라며 이야기하는 원장님과 다르게 나는 아무 말도 할 수 없었다. 곧 아깃보에 싸인 아기를 내 품에 안았다. 첫째보다 작게 태어나 덜 고생하고 낳았건만 와락 안을 수 없었다. '나 어떡하지? 나 앞으로 어떡하지?' 하며 어리둥절한 눈으로 아이를 한참 바라보았다. 단 한 번도 생각하지 못했던 순간이었다.

어떻게 해야 할지 도무지 알 수 없었다. 남의 아이를 잠시 안는 것처럼 그저 낯설기만 했다. 학교 다닐 때 간호학을 공부하면서도 큰 비중을 차지하지 않아 기억에도 없던 '다지증'이었다. 다지증이라는 단어가 내 인생에 들어올 것이라고는 단 한 번도 생각하지 못했다.

"선생님, 아이가 다른 선천적인 기형이 있을 수도 있으니 잘 살펴봐 주세요. 탈장이 있는 건 아닌지, 잠복 고환은 아닌지…. 인지도 높은 병원에서 정밀 초음파 보면서 산전 관리를 받았는데, 이런 일이 생기니 마음이 안 놓여요."

'나 어떡하지? 나 앞으로 어떡하지?'

본능적으로 알았는지도 모른다. 이것이 시작이라는 사실을. 아이를 안고, 임신 당시의 시간을 수없이 복기했다. 상황이 납득되지 않았다. 태아에게 안 좋을까 싶어 휴대폰도 옷에 넣지 않을 정도로 건강에 신경 썼는데…. 받아들이고 싶지 않은 현실이었다.

손가락 하나 더 있는 것, 떼면 되는 간단한 일이라고 이야기하지만 '언제, 어디서, 어떻게 수술 받지? 흉터는 어쩌지?'라며 내 안에서는 앞으로 헤쳐 나갈 일이 걱정이었다. 둘째를 낳으면 예민한 첫째를 두고 어떻게 산후조리를 할지 고민만 하던 터였다. 첫째는 눈 덮인 땅에 발을 딛지 못해서 한참을 안고 다녀야 할 정도로 예민하고, 기관 생활을 싫어해서 늘 엄마 옆에 있어야 하는 아이였다. 이제 그 아이를 데리고 병원을 다녀야 한다니…. 앞이 캄캄해졌다.

다지증 전문 병원을 찾아보고, 수술 시기나 수술 방법을 알아보느라 산후조리는 뒷전이었다. 아이를 안고 한 번을 웃지 못했다. 지금은 아이와 마주 보고 많이 웃지만, 그때는 그랬다. 아이에게 엄마의 웃는 얼굴을 거의 보이지 못했다.

"이상해요. 아이가 젖을 물다가 잠만 자요…."

이상했다. 아이가 수유 시간에 젖을 조금 빨다가 잠만 자는 것이다. 첫째 때는 자면서도 젖을 빨면서 잤는데…. 다행히 신생아실에서는 분유를 잘 먹는다며 별 이상이 없다고 했다. 갸웃하면서도 그냥 넘어갔다. 내 경험과 예상을 비껴갈 일이 더 남았으리라고는 생각하지 못한 채.

산후조리 일주일째 접어든 날이었다.

"심장에서 잡음이 조금 들리는데, 대학병원에 가서 검사받아 봐야 할 것 같아요. 심장에 구멍이 있네요."

심장에 구멍이라니. 잠시 아무런 말도 할 수 없었다. 텔레비전에서만 보았던 심장병 어린이, 시험공부하며 책에서 접했던 그 심장병이라는 말에 다지증은 아주 소소한 문제가 되었다.

아이의 진단명은 '심방과 심실중격 결손'이었다. 지방 대학병원에서는 자연스레 구멍이 막힐 가능성이 있으니 지켜보자고 했지만, 아이가 젖을 거의 빨지 못하고 잠만 자는 것이 이상해서 마음이 놓이지 않았다. 친정에서 조리하던 나는 바로 서울로 올라와서 서울대학교 어린이병원으로 갔다.

"바로 수술을 해야 합니다. 자연스럽게 구멍이 막힐 케이스가 아니라 2개월까지 지켜보고, 몸무게에 변화가 없으면 바로 수술합시다."

늘 예상 가능한 범주에서 살았던 나는 한 번도 생각하지 못한 장면과 자꾸 마주해야 했다. 그리고 자주 말문이 막혔다.

아이는 2개월이 되는 날에 심장 수술을 했다. 다행히 수술은 잘되었고, 중환자실에서 2주일 동안 있다가 일반실로 옮겼다.

그날 저녁이었다.

"뇌출혈 소견이 보입니다. 대부분 자연스럽게 흡수되지만 장담하기는 힘듭니다."

나는 횡설수설하며 의사에게 무슨 말을 했던 것 같은데, 도무지 기억나지 않는다. 또 무엇이 남았을까? 모든 것이 무섭기 시작했다. 눈앞의 장기 입원 환자들과 보호자처럼 병원 생활이 일상인 삶을 살아야 하는 것일까? 평생 아픈 아이를 돌보며 살아야 하는 것일까? 수많은 물음이 내 안에 가득했다.

아이가 나를 자라게 했다

내 아이보다 내 삶이 더 무섭고 걱정되었다. 무감하게만 보냈던 평범한 일상이 어쩌면 내가 죽을 때까지 그리워할 특별한 시간이 될 수 있다고 생각하니, 마음이 하얗게 질려서 어떤 말도 나오지 않았다. 하지만 그런 생각도 잠시, 감상과 슬픔에 젖어 있을 겨를조차 없었다. 타들어 가는 몸과 마음은 아이를 살릴 수 있는 따뜻한 엄마 품이어야 했고, 무엇인가를 계속 해결해야 했다.

아이는 유난히 잘 웃었다. 엄마 대신 아이가 먼저 웃으니 점점 웃는 날이 많아졌다. 어느새 나는 나에게 일어난 모든 일을 받아들이고 있었다. 쥐어짜도 없던 모성도 아이와 교감하며 생겨났다. 아이를 존재 그 자체로 사랑하니 그저 하루하루가 감사한 날이 되었다.

뇌출혈은 다행히 잘 흡수되었고, 아이는 열 살이 될 동안 손가락 수술을 두 번 마쳤다. 이제 아무것도 두렵지 않다. 치료만 받으면 나을 수 있고 온전할 수 있다는 것을 나도, 아이도 잘 알고 있기 때문이다. 그렇게 마흔의 언저리에서 나는 내게 일어난 모든 일을 저항 없이, 온몸으로 고스란히 받아들일 줄 알게 되었다.

《아픔이 길이 되려면》의 한 구절에 기대어 표현하자면 물고기 비늘에 바다가 스미는 것처럼 아이와 나의 몸에 함께한 시간이 새겨진 것인지도 모르겠다.

나를 눈물짓게 하던 둘째 아이는 이제 엄마와 같이 시를 외워 낭독하고 시를 짓는 아이로 자라고 있다. 내가 가장 좋아하는 일을 가장 사랑하는 아이와 나눌 수 있다는 사실이 얼마나 행복한지 모른다. 둘째 아이가 아홉 살 때 내게 지어 준 시다.

바다에서는 물이
엄마의 미소 같다.

바다에서 파도는
엄마가 뛰어올라
나를 안는 것 같다.

물고기들이
엄마한테
좋아서 놀러 온 것 같다.

바람과 비도 오지 않는
엄마의 미소 같다.

— 박수현, 〈바다〉

어느 날, 둘째 아이가 말한다.

"내가 하늘에서 보니까 엄마가 제일 예쁘고 사랑이 많았어. 그래서 내가 엄마를 골라 엄마한테 왔지."

아이는 정말 나를 알아보고 온 것일까. 아이의 아픔 앞에서 내 걱정이 먼저였던 엄마의 부끄러운 고백까지 이해할까. 아이를 돌보느라 나를 보듬지 못했던 그때의 부끄러운 고백을 적어 본다. 분명한 것은 둘째 아이가 나를 가장 많이 자라게 했고, 지금보다 어리고 미숙했지만 두 배로 용감하게 살았던 그때의 내가 지금의 나를 있게 했다는 사실이다.

엄마의 문장
마흔의 언저리에서 나는 내게 일어난 모든 일을 저항 없이, 온몸으로 고스란히 받아들일 줄 알게 되었다.

천주교 신자가
굿을 하고 힐링한 날

그렇듯 얼마간 죽음에 빚진 채 삶은
싹이 트고 다시 잔뿌리를 내립니다.

– 복효근, 〈버팀목에 대하여〉 중에서

"언니, 나 언니 다니는 데 이모님 좀 만나게 해 줘."

"왜 그래? 무슨 일 있어?"

"이대로는 못 살 것 같아. 팔자가 있다면 알고 싶고 귀신이 들러
붙었으면 들러붙은 귀신 달래서라도 떼어 내고 싶어. 부탁해."

그렇게 나는 용하다는 점집에 제 발로 발을 들여놓았다. 매월 초
하루에 가서 조상신에게 쌀과 봉투를 올리며 다리가 뻐근할 정도
로 절을 했다. 빌고 오면 고단함이 한결 나아지고 얼룩진 일상을 지

우개로 지운 것처럼 마음이 후련했다. 점집에서 '상황이 나아질 것'이라고 하는 말에 큰 위로를 받았다. 지금 생각하면 어리석지만 그때는 무엇이라도 붙잡고 빌고 싶었다.

결혼과 동시에 서울에 온 나는 직장, 부모, 친구도 하나 없이 혼자 덩그러니 아이만 둘 낳아서 키우고 있었다. 그때 느끼던 고립감은 세상 모든 것들로부터 거세된 느낌마저 들었다. 남편은 사회 초년생이라 적응하기 바빴고, 첫째 아이는 밤마다 길게 못 자서 깨어 울고, 둘째 아이는 늘 병원을 들락날락해 마음 졸이기 일쑤였다.

매일 밤 가위에 눌려 잠을 자지 못했다. 동시에 사회에서 도태되고 있다는 느낌까지 들어 마음을 가눌 길이 없었다. 혼자 모든 것을 감내하면서 제대로 자지도 먹지도 못하다 보니 온전한 정신이 아니었다. 결국 내가 잘못해서 벌 받는 것이라는 그릇된 죄책감으로 이어졌다.

어느 날, 무속인 이모님이 굿을 해 보면 어떻겠냐고 제안했다.

"조상들이 성이 났어. 일 년에 두 번 정도는 풀어야 하는데 성의를 보여서 풀면 무심한 남편도 네 힘든 거 알아주고 첫째 예민한 것도, 둘째 단명살도 풀어 줄 게야."

내가 가련하다며 비용까지 깎아 주겠다고 했다. 나는 하느님의 은혜라도 입은 양 고마움에 눈물까지 글썽였다. 사실 나는 천주교 신자였다. 천주교 집안에서 태어나 청년부 활동도 활발히 하고, 새벽 미사도 다니며 신부님, 수녀님과도 가까이 지냈었다. 그런 내가 서울로 오면서 냉담의 길로 들어선 것이다.

'굿'은 힐링이다

시간이 흘러 굿을 하기로 한 날이 다가왔다. 굿은 아침 9시부터 저녁 6시까지 이어졌다. 아이들을 학교에, 어린이집에 보내고 오후부터 저녁까지는 옆집에 부탁하고 부랴부랴 구리시에 위치한 굿당으로 향했다. 굿만 하면 모든 것이 해결될 것이라는 기대와 무서움이 동시에 밀려왔다. 사실 나는 유난히 잘 놀라고 무서움이 많은 아이였고 지금도 그렇다. 굿당에 가는 길이 무서웠지만 상황이 나아질 수만 있다면 못 할 일이 세상에 없었다.

텔레비전에서 보던 대로 굿당은 성대했다. 조상에게 바칠 음식이 준비되었고 형형색색 옷이 걸려 있었다. 온종일 요란한 방울 소리가 울려 퍼졌다. 무속인 이모님은 여러 옷을 갈아입으면서 아기 동자로, 내가 모르는 조상신으로 접신한 채 춤추며 내게 말을 걸었다. 나는 손바닥이 뜨거워질 정도로 비비며 굽신굽신 절을 했다.

점심시간이 되었다. 어릴 때부터 나는 집 밖에서 밥을 잘 못 먹었는데, 약한 비위는 어른이 되어서도 여전했다. 점심을 먹어야 했지만, 굿당에서 먹는 밥은 비위가 상해서 도통 넘어가지 않았다. 그래도 잘 먹어야 굿이 효과가 있다는 무속인 이모님의 말씀에 토할 것 같은 느낌을 참으며 꾸역꾸역 겨우 먹었다. 말 잘 듣는 어린이처럼. 그런데도 먹는 것이 시원찮다는 핀잔을 들었다.

온종일 진행된 굿은 남편의 속옷과 아이들의 속옷을 태우며 마무리가 되었다. 그때서야 마음이 후련하고 편안함이 느껴졌다. 모든 우환을 다 지워 낸 것처럼 마음이 말끔해졌다. 앞으로 더 나아질 것이라는 희망이 샘솟았다. 다음에 돈 생기면 또 굿해야겠다는 생각이 절로 들었다. 세상 그 어디에도 없는 힐링 중의 힐링이었다.

'점 집'에서 '내면의 집'으로

그렇다. 지금 나를 아는 사람들은 상상도 못 할 모습이다. 하지만 나 자신을 나무라고 싶지는 않다. 그때는 너무나 벗어나고 싶었고, 절박했다. 덕분에 힘든 시간을 통과하는 사람들의 아픔을 투명하게 느끼고 헤아릴 수 있는 가슴을 지니게 되었다. 할 수 있는 것은 다 해 봤다는 그 시간에 대한 부채감 없는 마음을 벌었다. 지나온 시간 동안 발자국을 꾹꾹 눌러 걸어온 그 힘은 다음 시간을 의연하게 맞이할 수 있도록 도와주었다.

다행히도 나는 갑갑한 상황을 벗어나기 위해 굿만 하지 않았다. 없는 시간을 짜내서 배움의 시간을 만들었다. 힘든 마음은 시를 쓰면서 달랬고, 책을 읽으며 치열한 시간을 보냈다. 배우겠다는 생각, 상황에 지지 않겠다는 열망은 좀처럼 지치는 법이 없었다. 결국 점집으로 향하던 걸음은 점점 내면으로 향하기 시작했다.

딛고 선 땅 전체가 흔들릴 때 균형을 잡으려고 두 발을 많이 고쳐 디뎠다. 그 발디딤이 새로운 균형점을 찾기 위한 기회와 경험이 되었다. 어쩌면 그렇게 새로운 균형점을 잇다 보면 내가 꿈꾸던 곳으로 이르는 길이 될지도 모르겠다. 가는 길이 거창하지 않더라도 최소한 내게 가장 편안한 길일 터.

그렇게 치열했던 시절을 뒤로하고 지금은 우리 아이들에게, 내가 가르치고 있는 아이들에게 거름 같은 존재가 되기 위해 노력하며 좋은 사람으로 살아가려 한다.

엄마의 문장

힘든 시간을 통과하는 사람들의 아픔을 투명하게 느끼고 헤아릴 수 있는 가슴을 지니게 되었다.

육아 독립군,
동굴 속에서 나로 환생

알겠지 지금
무엇이 너를 눈 뜨게 하고
지금 무슨 일이 일어나는 지
– 천양희, 〈새는 너를 눈뜨게 하고〉 중에서

한때 나 자신을 책장 속에서 한 번도 꺼내지 않는 책이면 좋겠다고 생각했다. 햇볕 안 드는 음지에 온몸을 둘둘 말아 웅크려 있고 싶었다. 웅크렸던 마음을 한순간에 펴게 했던 첫째 아이의 말.

"엄마는 날 사랑하지 않지?"

홀로 마음껏 괴로울 자유도 없던 시절, 아이들 울음소리보다 속으로 삼키던 내 울음소리가 더 크던 시절의 한 쪽이다.

나는 그 시절을 '동굴 속에서 마늘 먹던 시절'이라 부른다. 지금에
와서야 그 시간을 통과하며 사람이 되었다고 호기롭게 이야기하지
만, 몸서리치게 길고도 긴 시간이었다.

아이들이 어릴 때는 젖을 먹이다 잠들기 일쑤였다. 자꾸 깨는 아
이들을 위해 아예 젖가슴을 풀어 헤치고 자는 나를 발견할 때면 마
치 짐승의 어미가 된 기분이었다. 두 아이를 사랑하는 마음과 달리
날것으로 날뛰다 괴물같이 변하는 내 모습을 보며 자책했다.

엄마에게 달려가 품에 안겨 있고만 싶었다. 내가 기억하는 가장
젊은 날의 엄마에게 가서, 바닥이 다 드러나 내 줄 것이 없는데 자
꾸만 모자란다고 아우성치는 아이들 흉 좀 보며 울고 싶던 날이 숱
하게 많았다.

어떤 시간은 통과하면서 속에 많은 구멍을 낸다. 해어지고 가장
자리가 매끄럽지 않은 너덜너덜한 구멍들. 일회용 밴드를 붙이듯
이어지지 않는 글을 써서 덕지덕지 붙이면서 마음의 구멍을 겨우
메우고 견뎠다.

종이마다 진물 자국을 남기며 글 쓰던 시간, 책 모서리가 가장 편
한 안식처였고 아무 공책 위가 마음을 풀어놓기에 적당했다. 아무
도 필요 없었고, 그저 혼자 있을 시간이 필요했다. 손바닥만 한 시

간이라도 허락되길 바라며 방황했다. 동시에 나의 우울함과 어둠이 아이들에게 전해질까 두려워 자주 아이들의 안색을 살피며 곤두서기도 했다.

'좋은 엄마'라는 맞지 않는 옷

착한 사람이 되기 위해 애쓰며 살았다. 육아서에서 말하는 '좋은 엄마'라는 옷을 지어 놓고 내게 맞지 않는 옷을 입으려 낑낑댔고, '전통'이라는 관습이 부당해도 묵묵히 참아야 한다 여겼다. 이렇게 철저하게 '나'라는 사람이 지워졌을 때 비로소 알게 되었다. 아무리 아이들을 사랑한다지만 내가 행복하지 않다면, 나 하나 희생해서 다른 식구들이 행복하다 해도 그 또한 억울해서 못 견딜 것 같다면, '나'는 도대체 누굴 위한 '좋은 사람'인가. 이런 마음이 드는 내가 '나쁜 사람'이라는 죄책감이 들어 이러지도 저러지도 못하는 시간을 보냈다.

결국 나에게 '좋은 사람'이어야 했다. 무조건적인 희생은 아이들에게 자신보다 다른 사람이 더 중요하다고 가르쳐 주는 행동이나 다름이 없었다. 나의 낮은 자존감과 남의 호감을 사려고 눈치 보는 모습을 아이들이 보고 배울 것으로 생각하니 끔찍했다. 건강한 모델이 되기 위해서라도 나를 바꿔야 했다. 시작은 아이들에게 내주던 생선의 몸통을, 한입 베어 물면 달큰한 과즙이 주르르 새어 나오는 햇사레 복숭아를 나도 함께 먹는 아주 사소한 일부터 했다.

누구도 아이들에게 다 주라고 말하지 않았지만 그렇게 하던 일이었다. 내가 나에게 강요하고 있었다. 그 사실조차 나중에서야 알게 되었지만….

나는 내 희생의 대가로 아이들에게 복종과 간섭이라는 계산서를 요구하고 싶지 않았다. 내가 가치 있다고 생각하는 삶을 아이들에게서 찾는 것이 아니라 직접 살아냄으로써 보여 주고 싶었다.

부모는 자기가 무로 되기 위해서 아이를 기른 것이다. 그리고 자기가 무로 된 순간에 그 교육은 완성되는 것이다. 정화의 의식 세계에 너무 깊이 투영되고 싶지 않다. 정화가 나를 잊고 행복하게 사는 것이 나의 소망이다. 부모에게 기대는 것은 죽음에 기대는 것이다. 앞을 보지 않고 뒤를 보고 사는 것이다. 너무 사랑하기 때문에 나는 나의 존재의 무게를 전부 정화 위에 얹어서 정화를 질식시키고 싶지 않다…. 내가 나 자신의 생을 포기하는 분량만큼 정화의 짐이 무거워진다는 것을 잊지 않아야 한다.

　　　　　　　　　- 전혜린, 《그리고 아무 말도 하지 않았다》 중에서

내 꿈에 당당한 엄마로

부모에게서 자립하지 못한 두 사람이 만났을 때 가정을 온전히 지킬 수 없다는 것을 이제 누구보다도 잘 안다. 독립적인 아이로 키우기 위해서는 우선 나부터 한 인간으로 독립해야 한다. 나는 달리기를 시작하며 앞으로 나아갈 수 있는 체력을 다졌고, 늦게나마 작가의 꿈을 꾸며 이 글을 썼다.

섣불리 아이들의 미래를 걱정하는 대신 내 꿈을 이루기 위해 노력했다. 아이들은 꿈을 이루기 위해 사투를 벌이는 나에게 뜨거운 응원을 보냈다. 그렇게 마음껏 엄마를 응원하다 보면 아이들은 자신도 모르게 하고 싶은 일을 꿈꿀 것이다. 그때는 내가 아이들로부터 받은 응원을 다시 돌려주려 한다.

홀로 아이를 키우며 고군분투하던 시절, 동굴 속에서 마늘 먹던 그 시절이 없었다면 지금의 나는 여전히 다른 사람에게만 좋은 사람이었을 것이다. 그 시절 덕분에 나에게 좋은 사람으로 환생할 수 있었다. 아이들에게 사랑을 주기 위해서 먼저 나를 온전하게 사랑하는 방법을 깨우쳤다. 그렇게 아이들에게 좋은 엄마가 되기 위해 노력하다 보니 어느새 나에게도 좋은 사람이 되어 갔다. 묵묵히 그 시간을 견뎠기에 기운차게 다시 시작할 수 있었음을 이제는 안다.

지난했던 시간이 나에게 주는 선물은 바로, 스스로에게 느끼는 떳떳함이다. 그 떳떳함으로 나는 오늘도 내 길 위에서 달린다.

엄마의 문장

독립적인 아이로 키우기 위해서는 우선 나부터 한 인간으로 독립해야 한다.

불행 열차에서
행복 열차로 환승

생의 규칙적인 좌절에도 생선처럼 미끈하게 빠져나와
한 벌의 수저처럼 몸과 마음을 가지런히 할 것
한 모금 식후 물처럼 또 한 번의 삶, 을
잘 넘길 것

— 김경미, 〈식사법〉 중에서

나는 원래 수술실 간호사였다. 아이를 낳았을 때는 내가 경력 단
절 여성이 될 거라고 생각하지 못했다. 워킹맘을 꿈꾸었다고 말할
수는 없지만 주부로 살 거란 생각은 단 한 번도 하지 않았다. 대학
졸업 전부터 병원에서 일했다. 간호사 국가고시 발표도 나기 전부
터 일하기 시작해 아이를 낳기 바로 직전까지 일했다.

결혼하고 남편이 있는 서울로 가지 않고, 일 년 동안 주말부부 생
활을 할 정도로 나는 내 일에 애착이 컸다. 하지만 육아휴직이 끝나
고 다시 병원으로 돌아가지 못했다. 친정 엄마가 아이를 돌봐 주겠

다고 한 상태였지만 젖먹이를 두고 나갈 수 없었다. 그때부터 긴 육아의 터널이 시작되었다.

아장아장 걷는 첫째와 둘째를 태운 유모차를 끌며 산책하던 6월의 어느 날이 떠오른다. 하늘을 올려다보았는데 싱그러운 나뭇잎 사이로 바람이 들락날락 하면서 나뭇잎 부딪히는 소리와 함께 햇빛의 반짝임이 눈에 들어왔다. 저토록 찬란하게 빛날 수 있을까. 알 수 없는 소외감이 밀려 왔다. 눈을 지그시 감으며 나도 모르게 한숨과 혼잣말이 터져 나왔다.

"몇 년 뒤면 일할 수 있을까?"

허공에 던진 물음은 아이가 부르는 소리에 이내 흩어졌고, 나는 다시 유모차를 힘차게 밀었다. 그때는 그렇게 내 안에서 피어나는 물음을 흘려 들었다.

더부룩한 행복과 불행의 뒤엉킴

톨스토이가 그랬던가. 행복한 가정의 모습은 모두 엇비슷하지만, 불행한 가정은 이유도 제각각이고 그 모습도 다르다고. 내가 행복을 느끼는 지점도 그러했다. 두 아이를 키우면서 고단했지만 받는 기쁨도 컸다. 내 아이들의 시간을 오롯이 눈에 담을 수 있음에 감사하기도 했다. 하지만 엄마로서 느끼는 행복함 뒤에는 못 견딜 만큼 고단한 불행함이 도사리고 있었다.

집에서 노는 존재로, 남편의 노동에 무임승차한 사람으로 여겨지며 내 생활을 존중 받지 못할 때였다. 집안의 행사에서, 옆집 엄마들에게서 내 시간을 지킬 수 있는 방패가 없었다. 집에서 노는 존재로 전락한 나는 무례하게 요구하는 사람들에게 댈 핑계가 없었다. 그렇다고 잔 다르크가 되어 부당한 요구에 맞설 깜냥도 없었다.

　　보름달 안은 쟁만만한 약,
　　식후 삼십분마다 하루 세 번씩
　　시간 지켜 삼킨다

　　그래도 안 낫는다
　　그래도 안 죽는다
　　(…)
　　콩깍지만한 무책임도 없이
　　참신한 불행도 없이
　　김치같이

수박껍질같이 둔, 탁, 한 행복들이 집집마다 모여 있는 것도
상쾌하지 않다

— 김경미, 〈일상〉 중에서

그럴 때면 약 챙겨 먹듯 시를 꿀꺽꿀꺽 삼키곤 했다. 시는 미세하
게 흔들리는 마음을 달래는 환기구였다. 그랬다. 참신한 불행도 없
이 늘 갑갑하고 온전하지 못한 느낌에 갇혀 지낸 시간이었다. 아이
들을 누구보다 잘 키우고 싶다는 열망과 알 수 없는 상실감에 혼란
스러운 시간을 보냈다.

불행한 나에게 반응하다

그때 즈음, 아이가 어린이집에 다니게 되면 무엇이라도 해야겠다
고 결심했다. 원래 책을 좋아했고, 독서법에 관심이 많았다. 아이들
책 읽기의 중요성에 대해서도 관심이 많았기에 유아 독서 시장을
꿰고 있었다.

둘째가 세 살 때부터 독서 지도사 자격증을 따기 위해 체계적으
로 교육을 받았다. 처음으로 하고 싶던 공부를 하니 너무나 재미있
었다. 둘째에게 야경증이 있을 때였는데, 자다 깨서 울기 시작하면
달랠 수 없는 경우가 대부분이었다. 잠시 재워놓고 공부하고, 아이

가 깨서 울면 재우다가 나도 잠들기 일쑤였다. 그러다 또 일어나서 공부하고, 아이를 품에 안은 채로 배운 내용을 핸드폰 메모장에 적으면서 공부를 이어갔다.

아이들이 밤낮으로 번갈아서 나를 찾아댔지만 꾸준히 공부해 독서 지도사 자격증을 딸 수 있었다. 그 뒤로 유아 독서 지도사, 논술 토론 지도사 자격증을 땄다. 사실 그렇게까지 열심히 할 필요는 없었는데 공부 자체가 재미있다 보니 열심히 했다.

둘째가 네 살이 되자 어린이집에 등원했고, 나는 독서 지도사로 일을 시작했다. 늘 병원에 출근하다시피 가는 아이가 눈에 밟혔지만 마냥 아픈 아이라는 시선으로 바라보고 싶지는 않았다. 아이를 키우며 앞으로도 변하지 않을 태도는 온전한 아이로 바라보는 것, 즉 아이를 마음껏 품되 측은한 눈빛으로 보지 않는 것이다. 나는 아이가 과잉보호를 받으며 자라길 바라지 않았다.

그런 마음으로 대했기 때문일까? 아이는 온당한 대우를 받지 못한다고 생각될 때면 "엄마는 왜 나를 소중하게 대하지 않아?"라며 자신의 솔직한 마음을 표현하는 건강한 아이로 자라고 있다.

사실 일을 시작할 때 나를 찾겠다는 거창한 의미는 없었다. 그저 내 시간을 갖고 싶었을 뿐이다. 옆집 엄마들과의 소모적인 만남을 피하기 위해, '집에서 노는 사람'에게 들러붙는 허드렛일에서 벗어나기 위해 최소한의 방패가 필요했다. 결국 나를 움직이는 힘은 무엇을 하고 싶을 때가 아니라, 하고 싶지 않은 일을 하지 않으려고 궁리할 때 생겼다. 이렇게 새로운 일의 시작은 불행한 나를 알아차리고 나에게 응답했기에 가능했다.

나에게 동의하지 않는 모습으로 살지 않기 위해 시작한 일은 평생 글을 쓰고, 시 쓰며 살고 싶다는 꿈에 데려다주는 운송 기관이 되었다. 이제 그 힘으로 내가 하고 싶은 일을 위해 움직이는 능동적인 사람이 되어 가고 있다. 그리하여 수술실 간호사에서 논술 교사로의 경력 환승은 성공적이었다고, 꿈으로 이르는 길에 필연적인 환승이었다고 말하고 싶다.

엄마의 문장

나를 움직이는 힘은 무엇을 하고 싶을 때가 아니라, 하고 싶지 않은 일을 하지 않으려고 궁리할 때 생겼다.

2장

달리며 사색하는
즐거움을 배우다

"정겨운 침묵 속을 그저 계속 달려가고" - 무라키미 하루키

나만을 위한
달리기

나의 평범한 사색과 노력을 좀더, 좀 더 깊게 본질에
닿는 것 같은 태도로 살자.

– 전혜린, 《이 모든 괴로움을 또 다시》 중에서

엄마쟁이 첫째 아이의 예민함도 무뎌지고, 선천성 기형으로 여러 수술을 거듭하던 둘째 아이도 정기검진만 받으면 되는 날이 왔다. 얼마나 염원했던 날이던가. 하지만 위기는 긴장감이 사라질 때 오기 마련이다. 급한 불을 끄고 한숨 돌리고 나니 마음의 틈으로 근원적인 질문이 스멀스멀 발을 들여놓았다.

사춘기도 무난하게 지나왔는데 생에 처음으로 '나는 누구인가', '어떻게 살 것인가'라는 질문 앞에 섰다. 망망대해에 나침반도 없이 서 있는 기분이었다. 그 막막함을 채우기 위해 폭식하듯 책을 읽어 댔고, 틈만 나면 강연을 들으러 다녔다. 여러 독서 모임에 나가기도 하고, 새로운 사람들도 열심히 만났다. 텅 비어 있는 나를 채울 수 있다면 뭐든지 다 해 볼 심산이었다. 하지만 때려 넣기 식의 활동은 무거운 마음을 잠시 잠재우는 진통제일 뿐이었다. 시간을 헛되게 보내지 않았다는, 노력하고 있는 사람이라는 자위일 뿐 달라지는 것은 없었다.

시간이 지날수록 어제와 같은 오늘이 내일도 반복될까 하는 두려움이 무섭게 엄습해 왔다. 특별히 되고 싶거나 좋아하는 것도 없이 그대로인 상태가 두려웠다. 내 인생인데 내가 들러리가 된 기분에서 벗어나고 싶었다. 뾰족한 답도 없이 그렇게 시간은 흘러갔고 위태로움은 조금씩 예민함으로 바뀌었다.

'마흔'이라는 신호등 앞에서

어느 날이었다. 아이 책을 빌리기 위해 도서관에 가는 길이었다. 멀리서 초록불이 점멸 신호등으로 바뀌고 있었다. '빨간불로 바뀌기 전에 뛰어야 해!'라는 생각에 숨을 헐떡이며 건널목으로 뛰었다. 바로 그 찰나에 종종거리며 뛰고 있는 모습이, 마치 위에서 내려다보는 것처럼 선연히 마음속에 들어와 박혔다.

마흔을 넘어왔는데 생의 신호등 앞에서 동동거리는 나의 모습이었다. 저 초록불이 딱 내 앞에서 꺼져 버릴 것 같은 불안함. 내가 누구인지도 모른 채 내 길 한 번 건너 보지 못할까 조급했던 마음이었다. 매 순간 불안함과 조급함이 나를 잠식했다. 밖에서 보기엔 그저 평온한 일상인데 말이다.

"헉, 헉⋯."

시계를 보았다. 고작 2분이었다. 한때 날다람쥐처럼 산을 오르던 내가 2분도 달리지 못하고 숨을 헐떡이며 꼬꾸라지는 꼬락서니라니. 그때 느낀 '절망감'은 이루 말할 수가 없었다. 믿고 있던 마지막 보루가 사라진 느낌이었다. 내 몸만은 내 편이라고 생각했건만, 마지막 배가 난파된 듯 이제 정말 큰일 났다는 생각이 들었다.

'영영 이대로 고민만 하다가는 어정쩡하게 살다 죽을지도 몰라.'

자기 계발에 집착해 책을 읽어 댔지만 제일 중요한 것을 놓치고 있던 내 모습을 그제야 깨달았다. 나를 채우기 위해 했던 수많은 활동이 실은 도망이었다는 것을, 무거운 질문을 애써 회피하려는 시도였음을 느꼈다. 노력하며 산다는 명목으로 나의 몸과 마음은 돌보지 못했다.

중요하게 생각하는 일과 중요하게 대하는 일은 엄연히 다르다. 나에게 정말로 필요했던 것은 스스로를 중요하게 대하는 마음이었다. 온전히 시간을 내어 나를 마주하고 마음의 소리에 귀를 기울이며 성찰하는 시간이 필요했던 것이다. 아이에게 하던 실수를 나에게도 똑같이 저질렀다. 독대가 힘들어서 아이의 마음에 귀 기울이는 대신 놀이동산에 가고, 예쁜 옷과 장난감을 사 주는 행동과 무엇이 다르단 말인가.

달리기로 만든 몸과 마음의 근육

특별한 계기가 있어서 달리기 시작한 것은 아니다. 문득 '한번 달려볼까?'라는 생각이 들었을 뿐이다. 무엇보다 신호등 앞에서 달렸던 2분의 기록이 지난날의 성적표처럼 느껴졌다. 발등에 떨어진 불을 끄기 위해 매일 달리기로 작정했다. 달리는 고단함보다 이대로 죽을 수도 있겠다는 두려움이 더 컸다.

'하루에 한 바퀴만 돌자.'

아파트 둘레의 트랙을 매일 내 속도대로 달렸다. 처음에는 차라리 걷는 게 더 빠를 정도의 속도로 뛰었다. 몸을 질질 끌면서 뛰는 날도 있었다. 그렇게 시작된 달리기는 점점 나를 살리는 달리기가 되었다. 호흡이 가쁘고 몸은 휘청거릴지라도 뛰고 났을 때의 희열로 새로운 에너지가 솟구쳐 올랐다.

달린 뒤의 성취감은 책 한 권 읽은 것보다 더 크게 느껴졌다. 달리는 시간만큼 나와 가까워지는 느낌이 들었다.

'나는 누구일까? 나는 무엇을 원하고 있을까?'

회피하며 도망쳤던 질문에 조금씩 다가갈 수 있었다. 그러나 달리는 동안 들었던 생각은 나중에 떠올리려 하면 닿을락 말락 하다가 하늘로 날아가는 풍선처럼 멀리 날아가고 말았다.

생각이 휘발되어 없어지기 전에 달리면서 사색한 내용과 그날의 컨디션을 노트에 기록하기 시작했다. 달리기는 내 몸을 단단하게 하고 내 마음에 숨을 불어넣는 활동이 되었다. 달릴 수 있는 거리만큼 나와도 가까워졌다.

나는 더 이상 신호등 앞에서 동동거리지 않는다. 내 앞에서 초록불이 꺼져 빨간불로 바뀐다고 할지라도, 빨간불은 다시 초록불로 바뀔 것이고 나는 유유히 그 길을 건널 것이기에. 다만 내가 그 길에 서 있기를 바라며 오늘도 달릴 뿐이다.

엄마의 문장

나에게 정말로 필요했던 것은 스스로를 중요하게 대하는 마음이었다.

몸과 마음이
자주 등을 돌릴 때 필요한 것

내면에서 들려오는 거죠. 자신의 특별함에 주파수를
맞추세요.
– 웨인 다이어, 《인생의 태도》 중에서

《잃어버린 영혼》이라는 책을 보면 영혼을 잃어버린 지 오래된 사
람이 나온다. 일을 아주 많이, 빨리하면서 가끔 모눈종이 위에서 움
직이는 좌표가 된 이상한 기분이 들었지만 자각하지 못하고 살아
간다. 그러다 어느 날 그는 자신의 몸속에 자신이 없는 것 같은 텅
빈 느낌이 들어 의사를 찾아간다.

"누군가 위에서 우리를 내려다본다면, 세상은 땀 흘리고 지
치고 바쁘게 뛰어다니는 사람들로, 그리고 그들이 놓친 영혼

들로 가득 차 보일 거예요. 영혼은 주인의 속도를 따라갈 수 없으니까요. 그래서 큰 혼란이 벌어져요. 영혼은 머리를 잃고, 사람은 마음을 가질 수 없는 거죠. 영혼들은 그래도 자기가 주인을 잃었다는 걸 알지만, 사람들은 보통 영혼을 잃어버렸다는 사실조차 모릅니다."

의사는 그에게 자기만의 장소를 찾아가 편안히 앉아서 영혼을 기다려야 한다고 처방한다. 그는 언제 잃어버렸는지도 모르는 영혼을 기다리느라 수염이 하얗게 변해 허리에 닿을 때까지 기다린다. 그러던 어느 날 오후, 드디어 지치고 할퀴어져 있는 영혼과 만나게 된다. 그는 다시는 영혼이 따라올 수 없는 속도로는 아무것도 하지 않으려고 조심하며 그의 영혼과 오랫동안 행복하게 살았다. 이야기는 이렇게 끝이 난다.

영혼을 놓치다
"엄마, 나 영혼을 잃어버린 것 같아."

둘째 아이가 바쁘게 학원을 다니면서 내뱉은 말이다. 이 책을 본 날 아이와 이야기를 나눴는데 내용이 기억났나 보다. 그 말을 들으니 '나도 그래.'라는 말이 절로 나온다. 우리는 왜 영혼을 잃어버린 것 같다고 생각한 걸까.

많은 것을 움켜쥐려고 했다. 지금보다 나은 삶을 살기 위해 달리면서 보이는 많은 것을 허겁지겁 내 항아리에 채워 넣었다. 낮에는 논술 수업을 하고, 새벽에는 작가가 되겠다고 글을 쓰고, 또 주말에는 강연을 들으러 나갔다. 아이들은 나를 무조건 응원한다지만 견고했던 일상이 조금씩 흩어지는 느낌이 들었다.

새벽에 깨서 빈 종이 앞에 우두커니 앉아 전날 하다 만 생각을 이어서 해 본다. 나는 무엇을 위해 달리고 있나. 내가 좋아하는 것으로 시간을 다 채웠건만 일어나면서 한숨이 지어지는 모습은 왜일까? 영혼을 잃어버린 그처럼 내 안이 텅 빈 것 같다는 느낌이 무섭게 엄습해 온다.

내 속도가 빨라 영혼을 놓친 것은 아닌지, 다시 돌아오지 않을 아이와의 시간을 그저 흘려보내고 있지는 않은지…. 글 쓰는 시간이 확보되지 않으면 마음에 빨간불이 켜졌다. 양보가 없는 두 마음이 아이들 싸움만큼 자주 다투었다.

틈 없이 채워진 일상이 문제였다. 아무리 좋은 것도 내몰아 치면 거기에 눌려서 잠식하고 만다. 주객이 전도된 격이다. 엄마의 개인주의를 갈망하지만, 또 엄마로서 아이들의 돌아오지 않을 시간과 함께하기를 열망했다. 그 시간이 손가락 사이로 다 빠져나가 내 손에 아무런 추억이 남지 않을까 두려웠다.

어제보다 나은 오늘이 되기 위해서 나의 어제를 인정하지 않고 무작정 달아난 것은 아닐까? 내 삶에서 나를 겉돌게 하는 이 바쁨의 정체는 무엇일까? 어쩌면 나는 아직도 나를 있는 그대로 받아들이지 못하고 과도하게 증명하려 애쓰는 것은 아닐까? 꼬리에서 꼬리를 무는 생각이 공회전 했다.

숨을 크게 들이쉬고 한 박자 느리게

견고한 일상 위에서만 이상을 위해 나아갈 수 있다. 성장은 그 안에서만 이야기된다. 사실 모든 위험은 작은 균열에서 시작한다. 내 삶과 나, 나와 내 영혼, 그리고 나와 아이들 사이를 차지하고 있는 것을 점검해야 한다는 신호다.

잠시 생각해 본다. 내달리는 나를, 내가 움켜쥐고 있는 것을, 인지하지 않았지만 잃어버리고 지나온 것을. 쥔 것과 놓친 것 중에 내가 다시 취해야 할 것은 무엇일까? 시간이 지나서도 없으면 안 되는 것, 후회가 깊을 것이 무엇인지 생각해 본다.

이렇듯 몸과 마음이 등을 돌릴 때가 있다. 몸과 마음의 틈이 너무 벌어지지 않도록 하려면 무엇을 해야 할까? 특별한 장소를 찾아 편안히 앉아서 잃어버린 영혼을 기다려야 한다는 처방이 나에게도 유효하리라. 영혼을 되찾는 일은 글을 쓰고 달리며 영혼이 제자리로 돌아올 수 있도록 가만히 기다리는 일이다.

나이가 듦에 따라 지금처럼 몸과 마음이 한통속이 되지 못하는 일이 없도록 노력해야 한다. 몸보다 느린 속도인 영혼이 나를 잃어버리지 않도록 마음의 추를 가운데로 데리고 온다. 아슬아슬하게 되찾은 균형점을 놓치지 않으려 펜을 잠시 내려놓고 운동화 끈을 매고 길 위에 선다. 달리는 동안 바쁨의 정체를 해체해 본다. 지금 내게 필요한 것과 중요한 것이 무엇인지, 지나고 나면 후회할 것은 무엇인지.

중요한 것을 다시 분별하는 시간을 보냈다. 덜어 낸 자리에 지나쳐와 후회되는 것을 끼워 넣기로 했다. 놓치면 안 되는 것, 함께하지 않으면 안 되는 것으로 채우기로 했다.

몸과 마음이 내 편이 될 수 있도록 바깥으로 멀리 내달리는 대신 안으로 달린다. 영혼이 나를 놓치지 않을 속도로 가기 위해, 영혼을 담을 수 있는 내면의 공간을 마련하기 위해 나는 오늘도 계속 달리고 쓴다.

마지막 페이지에 '그들은 행복하게 살았습니다.'라고 기록될 수 있도록. 하루 한 페이지 분량만큼만 그렇게 살겠다고 오늘도 다짐한다.

엄마의 문장

영혼을 되찾는 일은 글을 쓰고 달리며 영혼이 제자리로 돌아올 수 있도록 가만히 기다리는 일이다.

불안한 상황에서도
멈추지 않는 이유

한숨 짓는 네게도
아침은 반드시 찾아와
따뜻한 아침 햇살이 비출 거야

— 시바타 도요, 〈아침은 올 거야〉 중에서

가끔 깊은 수렁에 빠진다. 나는 최선을 다했는데 상대는 모자라다고 할 때, 나는 최선이라 생각했는데 상대에게 가닿지 않을 때, 오랜 시간을 들여 하던 일을 원점으로 돌려야 할 때, 내가 가는 길이 맞는지 끊임없이 의심될 때 그렇다. 나를 멈추게 하는 상황은 무수히 많다. 그럴 때는 어떻게 해야 할까? 시간은 흘러가고 나만 멈추어 있다고 생각될 때, 어떻게 하면 수렁에서 빠져 나올 수 있을까?

할 수 있는 것은 다 했건만

결코 충분하게 느껴지지 않을 때,

무엇을 해야 하나?

내 모든 것을 다 주었건만

여전히 너무 힘들 때,

어떻게 해야 하나?

(…)

그저, 서 있으면 돼.

— 도니 맥클러킨, 〈꿋꿋이 그 자리에〉 중에서

도니 맥클러킨의 노래 가사에서 그 답을 찾았다. 그 당시의 내 상황, 마음과 같았다. 나만 그런 것이 아니라는 생각이 들어서 큰 위로를 받았다. 다시 일어날 힘을 얻었다.

요즘 또 다른 시도를 하고 있다. 수술실 간호사에서 논술 교사로 환승했고, 이번에는 꿈으로만 간직하던 작가가 되기 위해 눈뜨면 글 쓰고 자기 전에 또 쓴다. 하루가 '쓰다'로 시작해서 '쓰다'로 끝난다. 쓰는 행위가 들어오면서 일상의 배치가 달라졌다.

내 생활의 1순위는 글쓰기가 되었다. 내가 의도한 바로 그 사람이 되기 위해 밤낮으로 글을 쓰고 있다. 책을 읽어도 쓰기 위해 읽고, 대화하다가도 글감이 될 것 같으면 끊임없이 머릿속에서 문장을 만들어 본다. 세상이 부여한 이름표는 없지만 이미 글쟁이, 작가로 살고 있는 셈이다.

이토록 한 가지에 몰입했던 때가 얼마나 될까? 또 다른 나를 만난다는 기쁨도 있지만, 사막 위를 걷는 것처럼 막막하게 느껴질 때도 많다. 이 글이 내 길인지, 저 글이 내 길인지 알 수 없으니 그저 길이 될 수 있는 진실한 글을 써야겠다고 다짐할 뿐이다.

불안과 의심은 성장의 양분

'인간은 타자의 욕망을 욕망한다.'라는 철학자 라캉의 말이 스치고 지나간다. 오랫동안 상대가 원하는 것을 알아채고 그에 알맞게 행동하고 말했던 나는, 나 아닌 다른 이의 욕망을 꿈꾼 것은 아니었는지 생각한다. 빈 종이 앞에서 서성이는 시간이 길어진다.

빈 종이 앞에서만은 오롯이 내 욕망과 마주한다. 나는 어떤 말을 하고 싶은가? 내가 던지는 질문에 내가 답하는 일이 꼬리에 꼬리를 문다. 진실하기만 하면 되는 것일까? 끊임없이 불안과 의심에 시달린다. 마음은 희망으로, 머리는 꿈으로 가득 차 있지만, 이것이 이루어지는 길은 점점 어렵게만 느껴진다는 생각만 맴돈다.

《딸에게 보내는 심리학 편지》에서 "불안은 성장하고 싶다는 마음의 시그널이자 잘 살고 있다는 증거"라는 문장을 봤다. 또 다른 길에 접어들어 오들오들 떨고 있는 나에게 이처럼 빛 같은 말이 또 있을까. 하여 예전과 다르게 행동해 본다. 언제나 불쑥 나타나는 불안이나 두려움을 더 이상 정색하며 대하지 않는다. '어, 또 왔어?' 하는 마음의 자세를 가진다. 이제 밤을 새워 헤매더라도 내가 하기로 한 일을 멈추지 않을 수 있다.

원하는 것을 당장 하지 못할 때 실망하고 실패했다고 낙담하기 쉽다. 하지만 그 마음까지도 내가 선택할 수 있다. 그러니 멈추지 말고 서성이더라도 기어코 써야 한다. 썼다 지울지라도 쓰는 일을 멈출 수 없다. 내 글의 목적, 내 삶의 비전은 누구도 아니고 내가 찾아야 하는 것이니까. 밖에서는 답을 구할 수 없다는 것을 많은 시간 무릎을 다치며 주저앉은 자리에서 깨달았으니까. 이 지난한 과정을 꿋꿋하게 견디는 것, 그것만이 지금 내가 유일하게 할 수 있는 일이다.

불안을 떨치기 위한 달리기

그래도 불안에 잠식당하거나 어쩌지 못할 때는 몸을 움직이면 된다. 오늘도 새벽에 일어나 몇 줄 쓰지 못했다. 대신 아이들 등굣길에 같이 나와서 달렸다. 달리고 나면 쓸 말이 떠오를 것 같은, 마음의 빗장이 풀릴지도 모른다는 믿음이 있다. 달리기로 마음먹은 길을 끝까지 달린다면 쓰기로 한 글도 매듭지을 수 있을 거라는.

누구나 언제든 슬럼프가 온다. 새로운 일 앞에서 이러지도 저러지도 못할 때도 있다. 하지만 다행히 우리에게는 내일이 있고 일상이 있기에 다시 시작할 수 있다. 유한한 삶 속에서도 오늘이라는 시간이 리필되니 다시 그 길 위에서 힘을 내 볼 일이다. 밤을 새워 헤매는 것처럼 느낄지라도 이 모든 과정이 나에게는 옳은 길이 될 테니까.

엄마의 문장

원하는 것을 당장 하지 못할 때 실망하고 실패했다고 낙담하기 쉽다. 하지만 그 마음까지도 내가 선택할 수 있다.

마음이 늙어 갈 때
해야 하는 일

당신이 자기가치감에 대한 믿음을 포기하는 순간 남
들에게 자신의 가치를 인정해달라고 애걸하게 된다.
– 브레네 브라운, 《나는 불완전한 나를 사랑한다》 중에서

"이 나이에 무엇을 하겠어.", "이번 생은 망했어.", "애나 잘 봐야
지.", "뭘 부귀영화를 누리겠다고.", "피곤해, 여기서 뭘 더해.", "애
때문에 할 수 없어.", "애는 저렇게 커 가는데 나는 이게 뭔지…. 그
래도 어쩌겠어."

몸보다 마음이 먼저 늙은 사람을 만났다. 피기도 전에 필 수 없다
고 말하며 스스로 지고 만 사람. 뭔가 마뜩잖은 마음이 들어 무슨
말을 하려다 말았다. 스스로 구겨 넣은 마음은 당장 펼 수 없기에.

사실 그의 모습은 얼마 전까지의 내 모습과 닮았다. '내가 나의 감옥'이라 말한 시가 떠오른다.

언제 어디에서 한눈을 팔았는지
무엇에다 두 눈 다 팔아먹었는지
나는 못 보고 타인들만 보였지
내 안은 안 보이고 내 바깥만 보였지

눈 없는 나를 바라보는 남의 눈들 피하느라
나를 내 속으로 가두곤 했지

가시 껍데기로 가두고도
떫은 속껍질에 또 갇힌 밤송이
마음이 바라면 피곤 체질이 거절하고
몸이 갈망하면 바늘 편견이 시큰둥해져
겹겹으로 가두어져 여기까지 왔어라

                              - 유안진, 〈내가 나의 감옥이다〉 중에서

나도 한때는 내가 만든 감옥 속으로 걸어 들어갈 때가 있었다. 더 이상 아무것도 할 수 없다고 생각하며 무기력이라는 쇠사슬에 꽁꽁 묶여서. 하지만 감옥에서는 내가 누릴 수 있는 일이 아무것도 없다. 생명의 유일한 증거는 성장이라고 하는데 내가 나의 삶에 종신형을 선고하는 것은 가혹한 일이다. 내가 나를 외면하면 나는 어디에 발붙이고 살아야 할까?

일상의 궤도를 바꾸다

박제된 삶이 아니라 생생한 삶을 살고 싶다고 생각했다. 내 안의 감옥에서 나오기 위해서 무엇을 할 수 있을지 고민했다. 어떻게 하면 재탕하는 하루에서 벗어날 수 있을까 생각했다. 조급증 때문에 아무리 마음을 먹어도 쉽게 달라지지 않았다. 그래서 지금껏 몸에 익숙하게 걸쳤던 것 중 하나만 벗어 보기로 했다.

지금 내가 애쓰는 것을 당장 느낄 수 있도록 내 심장의 위치를 알게 하는 것, 일상을 낯설게 만드는 것, 현실이라는 궤도에서 살짝 이탈하는 것, 정신을 쥐어짜고 자책하고 결심하고 좌절하고 실패하는 패턴에서 벗어나는 것, 내 편이 되지 않는 출처 모를 생각을 한 조각씩 잘라 내는 것. 그것은 바로 몸을 움직이는 일이었다. 나에게는 그것이 달리기였다.

앞에서 말했듯이 처음엔 2분을 못 뛰고 꼬꾸라졌다. 하지만 되돌아갈 곳이 없었다. 달리기 외에 달리 해 볼 만한 일이 없었다. 내가 이곳에서 멈춘다면 이 몸으로, 이 체력으로 무엇도 못 하겠다는 생각이 들었다. 2분은 내 삶에 사형선고를 내리기엔 가혹할 정도로 짧은 시간이었다. 억울하고 받아들일 수 없었다.

그런 마음으로 계속 달렸다. 심폐소생술을 하는 마음으로 다음 날도, 그다음 날도. 여러 날을 달리니 점점 더 멀리 달릴 수 있게 되었다. 아파트 둘레를 한 바퀴 돌면 2.3킬로미터 정도 되는데 이제 17~18분이면 뛸 수 있다. 20분 안에 작은 성취를 이루는 이 행동이 일상에 엄청난 활력이 되었다. 그렇게 달리다가 떠오른 달리기에 대한 시상이다.

내 간절함의 크기를 보이는 형체로 나타낸다면,

내 간절함을 다른 목소리로 나타낸다면,

내 간절함을 조용한 기도 대신 나타낸다면,

내 간절함을 정직한 시간으로 나타낸다면,

내 간절함에 힘을 실어 주는 행위로 나타낸다면,

내 간절함에 내가 든든한 백이 되도록 나타낸다면

그것은 바로 달리기라고 말할 수 있게 되었다.

햇빛의 격려로 꽃이 핀다면 내면의 꽃을 피우는 빛은 달리기였다. 달리기는 내 마음과 몸을 격려하는 일이었다. 피기 위한 간절함의 크기는 정확한 시간으로, 달리는 행위를 통해 기록으로 나타났다. 눈에 보이는 기록만큼 차오르는 활력은 내게 많은 힘을 실어 주었다. 마음의 부피를 명확한 숫자로 채워 나갔더니 나도 해 볼 수 있겠다는 희망이 차올랐다.

할 수 있다는 믿음

브레네 브라운은 희망이란 것은 단순한 낙관주의와 가능성 같은 따뜻한 감정이 아니라 '사고방식'이나 '인식의 과정'이라고 했다. 즉, 내가 어디로 가고 싶은지 현실적인 목표를 세우고, 그 목표를 이룰 방법을 알고(실망해도 끈기를 가지고 이겨 내서 도전할 수 있고), 그것을 이룰 수 있다고 자신을 믿을 때 희망이라고 말할 수 있다고 한다. 나는 점점 끈기와 노력에 가치를 둔 희망적인 사람이 되어 갔다. 체력은 실망을 견디는 인내심, 결단력, 나에 대한 믿음으로 이어졌고, 이는 다시 희망이란 단어로 이어졌다. 변화를 일으킬 수 있는 힘이 생기고 있었다.

희망의 빛은 구체적인 목록으로 바뀌어 갔다. 차가운 감각을 극도로 싫어해서 평생 바닷물에 들어가 본 적도 없고, 차가운 물에 샤 위해 본 적도 없던 여자가 얼음같이 차가운 물에 풍덩 들어가 무심한 얼굴로 자유롭게 유영할 수 있게 되었다(세상 사람들에게 아무렇지 않은 일이 누군가에게는 40년이 걸리는 어려운 일일 수 있다). 60살에는 내 인생의 기록을 모은 시집을 내야지 하던 막연한 꿈에 덤빌 수 있게 되었다.

달리면서 자신감을 장착한다. 책을 쓰고, 글을 쓰면서 꿈을 이룰 수 있을 거라고.

마음을 지치게 하는 너저분한 생각을 '완료형의 행동'으로 지워가다 보면 그 자리에 새살이 차오르듯 새 생각이 기분 좋게 들어온다. 몸보다 마음이 늙어 생기를 잃어갈 때는 정신을 쪼아대며 자책하는 일을 그만두고, 몸을 움직이는 최선의 선택을 해야 한다. 피기도 전에 필 수 없다고 스스로 지지 말아야 할 이유다.

피곤해서 바라는 일을 거절하지 못 하게, 편견이 몸의 갈망에 시큰둥하지 못하게 몸을 움직여 보자. 겹겹이 가둔 그곳에서 한 발만 나와 보자. 스스로를 가둔 마음속 감옥에서 유유히 걸어 나오자.

엄마의 문장
체력은 실망을 견뎌내는 인내심, 결단력, 나에 대한 믿음으로 이어졌고, 이는 다시 희망이란 단어로 이어졌다. 변화를 일으킬 수 있는 힘이 생기고 있었다.

사춘기 딸아이와
살아남기

내가 난생 처음 종이로가 아닌
몸으로 낳은 時

내가 살아보지 못한
그리고 살아주지 못할 나의 時

                      – 이선영, 〈딸〉 중에서

   사춘기도 없이 지나온 나는 딸아이의 사춘기가 버겁다. 다섯 살까지 엄마 손 잡고 놀이터에서 놀아야 했던 엄마쟁이 딸은 어디 갔을까? 그때는 내게 빈틈이 허락되지 않아서 숨이 막혔는데, 종종 그때의 첫째 아이가 보고 싶어질 때가 있다.

   첫째는 언제부터인가 나들이에도 함께 가지 않으려 한다. 자연스러운 성장 과정임을 알지만 야속하게 느껴지는 건 어쩔 수 없다. 아이의 호르몬이 날뛰는 대로 나도 덩달아 날뛰지 말아야지 마음먹지만, 결코 쉽지 않다.

그런 첫째지만 사춘기 전에는 늘 어디서나 배려 깊다는 말을 들었고, 책을 가까이하고 자기의 숙제도 주체적으로 해결하는 아이였다. 가령 교내 글쓰기 대회가 있어도 논술 교사인 엄마에게 의존하는 법이 없었다. 조금 에둘러 조언하려고 하면 "그건 엄마 생각이고 엄마 글이잖아. 난 그렇게 안 쓸 거야." 하고 말하는 아이가 내심 기특하기도 했다.

많은 엄마들이 아이가 도통 책 볼 생각을 안 한다며 상담을 요청하고는 한다. 그럴 때면 첫째 아이를 떠올리며 아이는 엄마가 믿는 모습대로 자란다고 말한다. 아이가 책을 볼 수 있도록 충분한 시간을 확보해야 하고, 책 읽는 엄마의 모습을 보여 주는 것이 중요하다고 이야기한다. 긴 호흡으로 아이를 바라봐야 한다고.

나 또한 아이가 책을 안 볼 때는 안 보는 대로, 책을 볼 때는 유난스럽게 책 보는 행위에 칭찬하지 않고 자연스럽게 책에 관한 이야기를 나누며 조용히 독려했다. 책 잘 보는 아이로 자랐으면 하는 마음을 최대한 들키지 않으려 애썼던 것 같다. 물론 엄마의 얄팍한 마음을 모르지 않았으리라. 그래도 책이 아이에게 공기처럼 자연스러운 존재가 되기를 바랐다.

한편으로는 책 읽기가 엄마에게 칭찬 받기 위한 도구로 전락할까 조심스러웠다. 그저 엄마가 책을 읽고 답을 찾는 과정을 보면서 아이도 스며들길 바랐고 또 그렇게 하기를 바랐다. 나는 그러한 경험으로 많은 엄마에게 독서 교육에도 힘 빼기의 기술이 필요하다고 말했다.

사춘기가 온 아이에게도 힘 빼기의 기술은 필요했다. "채민아, 뭐먹고 싶어?"라고 물어보면 늘 "엄마가 하기 편한 것 줘."라고 말하기도 했던 우리 아이. 그런 아이가 걱정되어 《착한 아이의 비극》이란 책을 찾아보기도 했건만, 이제는 바빠서 레토르트식품으로 한 끼 해결하려고 하면 건강에 안 좋은 거 먹이는 엄마라고 몰아붙이기 일쑤다.

매사에 삐딱한 아이와 어떻게 하면 잘 지낼 수 있을까? 아이와 말하다 보면 싸움이 되고 나 자신도 놀랄 정도로 유치한 행동과 원색적인 말이 튀어나온다. 몇 번의 시행착오 끝에 마음이 불구덩이 같을 때는 일단 그 자리에서 피하기로 했다. 서로 화를 주고받다 보면 뜨거운 말에 마음이 다치게 마련이니.

달리기의 효능

"채민 엄마, 매일 뭘 그렇게 열심히 달려요?"

매일 달리다 보면 늘 마주치는 동네 아주머니들이 물어 온다. 나는 웃으면서 힘차게 "안 죽고 살아 보려고요!"라고 대답한다.

마음이 어려울 때 달리기는 유일한 환기구다. 추운 겨울이지만 마음이 용암같이 끓어올라 매서운 바람도 시원하다. 아이에게 심한 말을 하고 나오면 미안함이 앞서곤 한다. 반대로 좀처럼 마음이 쉬이 가라앉지 않을 때도 있다.

'엄마라고 다 품어 줘야 하는 걸까?', '왜 엄마만 미안해야 하나?', '맥락을 무시하고 무조건 좋은 방향으로 이끌어 줘야 하는 것일까?', '무엇이 좋은 방향이고 무엇이 옳은 방향인가?', '누구에게? 누구를 위해서?'

질문을 마구 쏟아 내며 달린다. 처음은 이토록 어렵다.

아이 앞에서 날것의 모습을 보인 죄책감이 밀려올 때면 억울함과 깊이 박힌 책임감이 뒤죽박죽 어지러운 마음이 된다. 그럴 때면 엄마도 사표 좀 내고 싶다는 말이 혀끝에 맴돈다.

한참을 달리다 보면 결국 요동치던 마음이 서서히 잦아드는 순간이 온다. 이때 나를 추스르며 아이가 나를 보며 자랄 것이라는 자각이 들면서 마음을 달리 먹게 된다. 한 사람을 길러 내는 일은 내 안의 알을 몇 번이나 깨고 나오는 과정과도 같다.

내 품에 깊이 안기던 착하던 시절의 딸을 떠나보내야 한다는 것을 못내 받아들이기 싫어서 도리질하는 마음과 마주한다. 어쩌면 나 또한 지난 시간의 모습을 아이에게 요구하고 있었나 보다.

그래, 이것 또한 지나가리. 지금 아이는 한 사람의 어른으로 성장하기 위해 질풍노도의 시기를 지나고 있다는 사실을 되새긴다. 엄마라는 직함을 내려놓을 것이 아니라 엄마가 이끌어 주는 존재가 되어야 한다는 내 생각을 내려놓을 때다. 지금은 아이에게는 어른으로 성장하는 시간, 나에게는 성숙해지는 시간이다. 아이와 동행하는 길위의 한때일 것이다.

그러한 생각은 달리면서 할 수 있었다. 마음을 끄집어내서 탈탈 털고 나면 어떻게 이 시간을 보낼 것인가 생각했다. 그리고 아이의 사춘기는 내가 해결해야 할 문제가 아니라는 것을 알게 된다.

엄마, 좀 부족해도 괜찮아

"왜 강연을 들어? 왜 많이 배우고 알아야 해?"
"모자란 부분이 있으니까 채우려고 하는 거지."
"좀 모자라면 어때? 부족한 채로 사는 게 어때서?"

끊임없이 배우러 다니는 나를 보며 아이는 물었고, 그 물음에 제대로 답하지 못했다. 무조건 엄마의 반대편에 서서 몰아치듯 물어보는 모습에 답보다는 잔소리를 부르는 태도를 꼬투리 잡을 뿐. 아이가 무심코 던진 질문은 실은 내가 먼저 해야 하는 질문이었다.

앎과 삶이 겉도는 배움은 아닐까? 무엇 때문에 나는 끊임없이 배우려고 하는 것일까? 생은 이렇듯 삶의 마디마다 떠오르는 질문의 답을 찾는 과정인 것 같다. 이럴 때는 아이가 스승이라는 생각을 한다. 교양 있는 엄마이고 싶지만 많은 부분에서 찌질하고 유치해지기도 한다. 아이도 나도 예습 없는 처음의 시간을 보내며 좌충우돌하는 것은 어쩌면 당연한지도 모를 일이라고 합리화를 해 본다.

아이로 인해 뜨겁게 달아오를 때 마음의 공간을 마련해야 하는 이유를 김형경의 《천 개의 공감》에서 발견했다. 아이가 분노를 표현할 때 엄마가 쏟아 낸 분노를 돌려주지 않고, 되갚지 않고, 그저 그 감정을 반복적으로 담아 줘야 한다고 한다. 그러면 아이는 자신이 분노해도 자신도, 부모도 무사하다는 사실을 믿는다. 그러면서 화를 낸 사실에 대해 미안한 마음을 품으며 비로소 내면의 성장이 일어나는 동시에 관계가 개선된다는 것이다.

화는 자신보다 약한 상대이거나 자신을 사랑한다고 믿는 대상에게 옮겨진다고 한다. 나도 아이도 후자일 거라고 생각하며 "화는 보살핌을 간절히 바라는 아기"라는 틱낫한의 말도 마음에 새겨 본다.

나는 아이의 사춘기 앞에서 '내 아이가 사라졌다!' 또는 나의 사십 춘기 앞에서 '내가 사라지고 없다!'라는 부재와 존재 사이 어디쯤에 있다. 나를 끊임없이 공부하게 하는 '어여쁜' 사춘기 아이와 살아남는 일은 이제 시작이다. 매일 전쟁을 치르지만 이 전쟁을 치르고 난 후의 우리는 어떤 모습으로 선명해져 있을까? 어떤 풍경을 만나게 될까?

엄마의 문장

한 사람을 길러 내는 일은 내 안의 알을 몇 번이나 깨고 나오는 과정과도 같다.

러닝 타임,
나에게 가장 몰입하는 시간

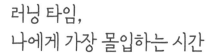

내가 무얼 갖고 있나 좀 보세요! 이게 다 당신 거예요!
– 에드너 St. 빈센트 밀레이, 〈이게 다 당신 거예요!〉 중에서

"채민아, 사랑해!"

한 바퀴 달리고 와서 아침에 눈 비비고 일어난 딸을 안아 준다.

"뭐, 어쩌라고…."

싫은 척했지만 사춘기 딸이 그대로 내 품에 안겨 있다. 처음 알았
다. 딸아이를 안아본 지 오래라는 것을. 벗어나지 않고 아이가 내

품에 안겨 있다니 놀라웠다. 아이도 내가 안아 주길 원한다는 사실을 그때야 알았다.

애교쟁이 둘째는 먼저 나에게 와서 안기니까 스킨십이 자연스럽다. 반면 첫째는 어릴 때부터 갑갑함을 많이 느꼈기에 포옹을 싫어한다고만 생각했다. 그런데 나에게 안겼다.

무거운 마음을 털어 내기 위해 달렸건만 서로 얼굴 붉히던 첫째를 안으며 사랑한다고 말하게 될 줄은 나도 몰랐다. 그렇다. 숨이 찰 정도로 달리다 보면 모든 것이 괜찮아지고 새로운 마음을 먹게 되며 조금 나은 행동을 하게 된다. 생각지도 못한 달리기의 유용함이다. 덕분에 매번 먼저 다가가서 스킨십을 하게 되었다.

달리다 보면 같은 길이 매번 다르게 느껴진다. 체력을 기르고 삶에 생기를 불어넣기 위해 시작한 달리기는 새로운 세계로 나를 초대했다. 휘감기는 공기와 숨 쉴 때의 공기 밀도는 매번 다 다르고 스치는 바람도 다 다르다는 것을 온몸으로 느낄 수 있다. 눈에 들어오는 모습도 그날 내 마음과 몸의 컨디션에 따라 달리 느껴진다.

같은 곳에서 새로움을 접하다 보니 어떤 고정관념에서 조금 자유로워졌다. 내 눈앞의 자연이 모습을 달리하면서 늘 그 자리에 있는 것처럼 상황과 생각이 시시때때로 달라질지라도 나 또한 늘 온전할 수 있음을 체득하게 된 것이다. 특히 마음이 좋지 않은 상황일 때면 그 순간이 곧 스쳐 지나갈 것이라는 긍정이, 마음먹으며 의식하지 않아도 내 몸에 무늬처럼 서서히 새겨진다.

산소 호흡기 같은 달리기

달리기는 어느새 생활에 숨을 불어넣는 의식이 되었다. 길에 비추어 나를 바라보다 보면 변화무쌍한 마음을 그대로 안을 수 있는 마음의 공간이 절로 생긴다. 길을 달리다 보면 마치 내 몸이 지우개가 된 듯 마음속 찌꺼기가 말끔히 지워진다. 일정이 바쁘더라도, 풀리지 않는 답을 찾기 위해 달리게 된다. 길 위에 답이 있을 것이라는 믿음, 바람이 영감을 줄 거라는 기대가 생긴다. 어떨 때는 무의식 속에 깊이 박혀 있는 나의 부정적인 잠재의식을 가장 성실한 방법으로 닦아 내는 시간일지 모른다고 생각하게 된다.

달리다 보면 마음을 먹으면서 내가 자란다는 것을 느낄 수 있다. 여태껏 수도 없이 마음먹었지만 그 마음이 제대로 작동한 적이 몇 번이던가? 그러나 현관문을 나서서 그냥 달리는 일이 몸에 배니까 마음과 행동 사이 거리가 아주 가까워졌다. 눈앞의 하루하루 일을 넘어 또 다른 꿈을 꾸게 해 준다. 가령 예전 같으면 엄두도 못 낼 책 쓰기처럼 꿈의 목록에만 있던 일을 일상으로 가져올 수 있다. 마음먹으면 할 수 있을 거라는 긍정이 자라고 있기 때문이다.

달리면서 생각해 본다. 달리기는 몸으로 하는 기도 같다고. 방학이라 아침부터 밤까지 아홉 타임, 내일도 열 타임의 수업이 있다. 그 시간 중간에 아이들을 챙겨야 한다. 복잡한 생활 속에서 새벽 달리기는 유일한 쉬는 시간이다. 저 멀리서 밝아오는 아침의 기운을 향해 달리는 것이 꼭 나의 꿈을 향해 힘차게 뛰어나가는 것 같다.

뛰면서 맞는 바람, 그리고 영감

달리고 나면 정신이 명료해지고 에너지가 차오른다. 달리고 나서 찬물 샤워를 하고 커피를 마시며 글 쓰는 시간이 나에게는 최고의 호사다. 이 좋은 것을 누리기 위해 나는 체력을 키워야 한다. 어쩔 수 없이 치러야 하는 일들 외에 온전한 내 삶을 마련하기 위해. 좋아하는 것을 오래 하기 위해 달렸더니 달리기가 점점 좋아진다. 내가 나를 위해 성실해지는 시간, 오롯이 나를 위한 시간을 가지는 것에 때때로 가슴이 벅차오른다.

오늘 하루에서 나의 지분을 일정 부분 챙겼다는 마음이 좋다. 이 든든함으로, 이 체력으로, 이 에너지로 나를 채우고 오늘 제일 먼저 맞이할 나의 아이들에게 기운찬 에너지를 전해 주겠다고 다짐해 본다. 이처럼 달리기는 나 자신과 연결되는 충전의 시간이다.

내가 달리기를 사랑하게 된 것은 밀폐된 공간의 갑갑한 트레드밀 위가 아닌 어떤 속도든 내 마음대로 할 수 있는 길 위를 달렸기 때문인지도 모른다. 달리기의 시간과 속도를 미리 정하고 트레드밀 위에 올라가면 왠지 모르게 내가 내 발로 컨베이어벨트 위에 올라가서 뛸 수밖에 없는 수동적인 존재가 된 것 같다. 꼭 다람쥐 쳇바퀴 속에 문 열고 들어간 것처럼. 하지만 길 위를 뛰고 있으면 아주 능동적인 인간으로 거듭나는 것 같은 느낌이 든다.

이 글을 쓰면서 내가 달리기를 얼마나 사랑하는지 새삼 깨달았다. 좋아하는 사람에게 달려가듯 달리기를 말하는 손가락이 바쁘게 움직인다. 좋아하는 사람 앞에서 치장하듯 '나의' 달리기의 유용함에 온갖 좋은 말을 주렁주렁 달면서 즐겁다. 길 위를 달리지만 머릿속을 달리며 문장을 짓는 시간, 체력도 챙기고, 마음도 닦고, 느끼는 존재로 살 수 있게 하는 달리기. 이토록 좋은 달리기를 좋은 사람들과 함께하고 싶다.

엄마의 문장

달리기는 어느새 생활에 숨을 불어넣는 의식이 되었다. 길을 달리다 보면 마치 내 몸이 지우개가 된 듯 마음속 찌꺼기가 말끔히 지워진다.

내 마음에 여백을
허락하는 일

소박하고 아담한 공백 속을, 정겨운 침묵 속을 그저 계
속 달려가고 있다. 그 누가 뭐라고 해도, 그것은 여간
멋진 일이 아니다.
- 무라카미 하루키, 《달리기를 말할 때 내가 하고 싶은 이야기》 중에서

달리기를 시작한 지 5개월 만에 10킬로미터를 완주했다. 막바지
오르막길을 뛰어오를 때는 온몸이 통째로 심장이 되어버린 것 같
았다. 내 심장의 위치를 아는 것을 넘어서 온몸으로 숨을 몰아서 마
셔야 살 수 있을 것만 같았다. 이렇게 통째로 살아 있는 느낌이라
니. 고작 2분을 뛰고 고꾸라졌던 처음을 떠올린다. 그랬던 내가 정
확히 10.52킬로미터를 1시간 14분 동안 달릴 수 있었다는 점이 대
견하다.

원래는 3월에 있을 서울 국제 마라톤 대회에 나갈 작정이었는데,

코로나 바이러스 감염증19로 개최가 불투명한 상태였다. 문득 '마라톤 대회까지 기다릴 게 뭐 있어. 한번 해 볼까?' 하는 마음이 들었다. 차곡차곡 달린 시간을 기록으로 묶어 보고 싶었다. 아무도 바라봐 주는 사람이 없고, 오로지 나의 의지로 나의 기록을 갱신한다는 사실만으로도 충분히 의미 있었다. 타인을 의식하지 않는 연습, 꾸준함이 장착된 신체, 좀 더 확고해지는 나를 느껴 보는 마음으로 달리기로 했다.

아직 누가 봐도 러너의 몸은 아니다. 신체의 모습은 달라지지 않았다. 오히려 조금 붙은 근육과 기존의 살이 살갑게 공존하고 있는 상태다. 운동 직후 부은 다리를 본 아이들은 "엄마, 사냥꾼 다리 같아."라고 했고, 남편은 나의 듬직해진 다리를 보며 휘둥그레졌다. 소싯적에는 매끈하고 알 없는 다리가 되기 위해 애썼던 적도 있었지만 뭐 어때. 나는 지금 내 몸이 좋은 걸.

달리기 덕분에 마음의 윤곽과 배치가 몰라보게 달라졌다. 철학자 데이비드 흄은 자부심을 "자기 자신에게서 느끼는 즐거움"이라고 정의했다. 자부심이라는 측면에서도 달리기는 유용하다. 희미하던 내가 조금 더 강렬하고 선명하게 존재함을 충분히 느낄 수 있다. 그리고 달리면서 느끼는 성취감은 다른 활동을 마음먹게 하는 연료가 되기도 한다.

매일 달리며 나와 친해지기

첫 번째 목표는 그냥 매일 달리는 것이었다. 몇 미터를 달리든 할 수 있는 만큼만 매일 반복하는 것. 그것만 지키기로 했다. 볼품없는 기록이지만 계속한다면 지금보다는 나아질 테니까. 한번 해 보고 싶었다. 꾸준히 달리는 경험이 나를 생각지도 못한 곳으로 데려다줄지도 모른다는 생각도 들었다. 그 과정을 통해서 나에 대한 불신을 없애고 싶었다.

무엇을 마음먹어도 '그래 봤자 작심삼일이지.' 하고 제일 먼저 믿지 않는 이 또한 나 자신이었다. 이 고리를 끊고 싶었다. 매일 달리는 일은 생각보다 쉽지 않았다. 고작 10분을 뛰기 위해 운동화를 신고 나간 적도 여러 날이다. 너무 나가기 싫은 날도 그 마음을 애써 외면하면서 나가서 달렸다. 그냥 무작정 매일 달리는 일을 지켜 나갔다.

달리는 날의 숫자가 더해지는 만큼 스스로에 대한 신뢰가 회복되었다. 어느 순간부터 웬만큼 뛰어도 일정한 호흡을 유지할 수 있게 되었다. 후들거리지 않고 단단한 다리로 뛸 수 있게 되었다. 그때의 안정감이라니. 청진기를 대고 듣는 것처럼 일정한 심장박동 소리는 나를 마음 놓고 사색의 세계로 빠져들게 했다.

뇌 주름 켜켜이 숨어 있던 단어들이 통통 튀어나와 어떤 문장이 되고, 바람 안에 있던 문장이 내 마음에 휘감겨서 들어오곤 했다. 예상치 못했던 순간들에 다채로운 나를 만날 수 있었다. 하지만 똑같은 점은 '오늘은 한 바퀴만 뛸 거야.'로 시작한다는 것이다. 매번.

반복에서 발견하는 새로움

매일 같은 곳을 달리다 보면 그제야 알게 된다. 하루하루가 다르고 매 시간이 전부 다르다는 것을.

나와 그곳에 있는 모든 것이 다 다르다. 한 가지를 꾸준히 하다 보니 감각 또한 예민해져서 미세한 변화를 알아차릴 수 있게 되었다. 덕분에 불편하던 나의 예민함을 조금씩 받아들이게 되었다.

그 예민한 감각을 내 것으로 받아들이면서 같은 길을 지그재그로 달린다든지, 무릎을 더 높게 올리면서 달렸다. 손을 뻗어 키 작은 가로수와 하이파이브를 하기도 하며 더 다채로운 감각을 느끼며 달렸다. 매일 같이 달리던 같은 길도 점점 새로운 길로 거듭나기 시작했다.

같은 곳을 달리면서 다르게 느낀다는 점은 놀랍다. 사실 평범과 비범은 한 끗 차이다. 같은 장소에서 낯선 것을 발견하고 다른 깊이로 느껴 보는 경험은 무엇인가를 오래 응시했을 때 비틀어 보는 일도 가능하다는 사실을 깨닫게 했다.

오래도록 많은 사람과 아이를 쉼 없이 채우고 담았던 나의 몸. 달리는 동안 내 영혼이 비좁아서 머물지 못하는 일이 없도록 몸이라는 그릇을 씻어 낸다. 혹 내 영혼이 달아나지 않도록 헉헉대며 성실하게 씻는 것이다.

달리는 시간은 정갈하게 비운 그릇에 내 영혼을 알뜰히 담는 시간, 내 영혼이 나에게 잘 담길 수 있도록 그렇게 닦는 시간이다. 울퉁불퉁 기복 있는 마음을 다듬이질해서 일정하게 펴는 시간이다. 그 위에 단단한 심지 하나 세우는 시간이기도 하다. 달리며 매끈하고 단단해진 그릇 속에 알맞게 담겨 있다는 안정감을 느낀다.

경계의 시간을 견디게 하는 힘

생의 마디와 마디 사이 중간 지점이 사람을 진저리치게 만들 때가 있다. 불확실성을 그저 버텨야만 할 때, 이도 저도 아닌 어정쩡한 시간을 견디는 대신 배가 터지도록 먹었던 나다. 먹으면서 '배 터지겠다.'라는 감각이라도 느끼고 싶었던 사람이다. 그 애매한 시간에 절대적으로 취약한 사람 중의 한 사람이 바로 나다.

이제는 그럴 때 의식적으로 새벽과 아침 사이를 뛴다. 먹빛 하늘이 어슴푸레 변하고 어느새 저 너머로 해가 황금빛으로 솟아오르는 것을 감각으로 익힌다. 이 시간 뒤에는 곧, 기필코 아침이 온다는 확고한 사실을 마음에 새겨 넣으며 납득하게 된다. 그러면 마음 가짐을 달리할 수 있다.

이처럼 나는 달리면서 매일의 나에게 여백을 마련해 준다. 나의 온전함을 위해 달리면서 내가 나에게 감동하는 것, 이 또한 여간 멋 진 일이 아니다.

엄마의 문장

평범과 비범은 한 끗 차이다. 같은 장소에서 낯선 것을 발견하고 다른 깊 이로 느껴 보는 경험은 무엇인가를 오래 응시했을 때 비틀어 보는 일도 가 능하다는 사실을 깨닫게 했다.

그림자 속에서
보이는 것들

우린 모두 아름답게 불완전한 존재.
– 브레네 브라운, 《나는 불완전한 나를 사랑한다》 중에서

겨울 들판을 거닐며 아무것도 가진 것 없을 거라고 함부로
말하지 않기로 했다.

지나가던 길에 본 교보문고 현판 글귀에 오래 마음이 머물렀다.
누군가 나를 보며 저렇게 생각하면 좋겠다고 느꼈다. 지금 나의 일
부만 보고 함부로 단정하지 않으면 좋겠다고, 함부로 측은해하지
않으면 좋겠다고 생각했다. 누구나 이도 저도 아닌 날들이 있다. 그
런데 상대가 나보다 먼저 낙담하면서 동정 어린 시선을 보낼 때는

어쩌지 못할 수렁에 빠지게 된다. 그 누구도 자기 자신보다 더 치열하게 고민하는 사람은 없다. 다 알지 못하는 삶의 맥락이 있다. 세상의 수치로 따져 묻는다면 할 말이 없을 뿐이다.

날마다 벅차고 날마다 선명하면 사람이 숨차서 살 수나 있을까? 어쩌면 신 포도와 여우의 우화처럼 '에잇, 저 포도는 어차피 신맛이 날 거야.' 하고 합리화하는 생각일지도 모른다. 그러나 우리의 일상은 무채색처럼 이도 저도 아닌 시간이 대부분이다. 그런데도 타인의 하이라이트만 보고 나의 시간을 모조리 형광색으로 채우고 싶어 하는 욕망이 스멀스멀 올라오기도 한다. 나도 자주 신포도 앞의 여우가 되어 겨울 들판 같은 시기를 지날 때가 있었다.

어느 날, 달리다가 심장이 터질 것 같아서 숨도 고를 겸 선 채로 햇볕에 그을린 그림자를 찍었다. 그 사진 속에는 숨이 넘어갈 듯한 헐떡임이나 흘러내리는 땀방울, 고양된 마음은 온데간데없었다. 그저 햇살을 거닐다 찍은 고요한 모습으로만 보였다. 내가 내 그림자를 눈앞에서 보고도 오해할 수 있는데, 설령 그림자 밖의 모습을 본다고 그 사람을 온전히 다 안다고 할 수 없겠다.

그 뒤로 자주 그림자를 본다. 햇살 아래서 찍은 그림자가 햇살에 다정한 모습으로만 보이기 쉽듯, 상대를 보면서도 그가 있는 자리

에 따라 마음대로 해석하면서 섣불리 선망하고, 성급하게 매료될
수 있음을 알게 되었다.

자세히 오래 보면 보인다. 성과가 그 사람의 전부가 아님을. 우리
는 많은 노력과 열정의 합으로 우뚝 솟은 그 일부만 볼 뿐이다. 그
가 견뎌 온 이면의 시간을 놓치지 않고 보아야 한다.

나를 응원하는 사람을 곁에 둔다는 건

나에게는 멘토가 있다. 나의 멘토는 어른이 절실했던 시절을 홀
로 견디면서 자신만은 누군가에게 그런 어른이 되어 주겠다고 결심
했다고 한다. 결심대로 좋은 어른이 되어 많은 사람에게 곁을 내어
주는 분이다.

그분을 존경하는 이유는 100가지가 넘지만, 이유가 없어도 좋아
하고 따를 수 있는 것은 그분의 눈물 때문이다. 나는 소외되고 손길
이 가닿지 않는 아이들을 위해 흘리는 눈물과 그 눈물이 흐르는 곳
에서 곁을 주는 그분의 모습을 보았다. 가치 있다고 생각하는 곳에
자신을 두는 모습을 보며, 나 또한 내가 있을 자리에 대해 생각해 보
게 된다.

그리고 내 곁에는 세 아이를 키우면서 자신이 원하는 대로 기타
치고 노래하며 글을 쓰는, 아름답게 삶을 꾸려가는 사람이 있다. 그

모습에 매력을 느끼지 않을 수 없다. 그러나 내가 그녀를 좋아하는 지점은 그런 모습뿐만이 아니다. 자유로움 속에 단단하게 있는 심지를 볼 때다. 사사로이 흔들리지 않는 단호함을 보며 흐물흐물하고 말캉한 나의 심지를 돌아보고 풀 먹여 빳빳한 옷처럼 다시 마음을 세우게 된다.

교사라는 직업을 안 맞는 옷 벗어던지듯이 벗어던진 멋진 사람, 용기 있는 그녀는 출간 작가이자 콘텐츠 기획 전문가로 거듭나고 있다. 그녀의 인간적인 매력과 화려한 경력은 누구나 두 손을 모으고 선망할 만큼 매력적이다. 하지만 그런 것과 무관하게 내 마음을 잡아끄는 지점이 있다. 몇 번이고 넘어졌다가 다시 도약하기를 반복하는, 그사이에서 먹먹하게 견딘 지점이다. 그 지점이 보이기 때문에 더욱 특별하다.

또 나의 글을 무작정 좋아해 주는 내 영혼의 닭고기 수프같은 그녀가 있다. 그녀는 스토리를 디자인하는 디자이너다. 그녀는 일할 땐 프로의 예리함에 베일 듯 날카롭다. 하지만 생활인으로 돌아왔을 땐 여리디 여린 감성의 소유자다.

일할 때의 자신과 생활인으로서의 자신을 멋지게 분리하는 사람. 여러 개의 자신을 그대로 존중하고 담아 놓는 모습에서 입체적으로 존재한다는 것이 얼마나 멋진 일인지 생각해 보게 된다.

마음의 렌즈로 보면 보이지 않던 것이 보인다

그림자를 보며 생각한다. 오래 생각하다 보면 보이지 않는 부분도 헤아릴 수 있다. 그런 마음을 가진다면 신 포도 앞의 여우가 되지 않을 수도 있겠다. 나 자신도 그런 렌즈로 바라볼 수 있기 때문이다. 겉으로 드러나는 무엇이 되지 않더라도 스스로 정성을 들일 수 있다. 그래서 오늘도 나는 달리는 나를 진정으로 응원한다. 이런 마음이 솟아나는 지금도 좋기에.

장석주의 대추 한 알처럼 저절로 붉어지는 열매는 없으니, 무엇도, 누구도, 그저 저렇게 우뚝 솟지 않았음을 기억한다. 움푹 파인 곳이 있으면 담을 수 있는 곳 또한 많다고 생각해 본다. 현판 속 허형만 시인의 시가 등 뒤를 비추는 따사로운 햇살처럼 다가온다. 분명한 점은 그림자 속에 '보이지 않는 것'이 있다는 사실이다. 그리하여 포도나무 옆을 자주 서성이던 여우는, 다시는 포도를 신 포도라고 단정하지 않았다고 한다.

엄마의 문장

자세히 오래 보면 보인다. 우리는 많은 노력과 열정의 합으로 우뚝 솟은 그 일부만 볼 뿐이다. 그가 견뎌 온 이면의 시간을 놓치지 않고 보아야 한다.

엄마로서
자립하는 일

자립은 선언이나 각오로 얻을 수 있는 게 아니라, 장기
간에 걸친 착실한 노력을 통해 획득되고 쌓이는 '사회
적 신용'이다.
　- 우치다 타츠루, 《말하기 힘든 것에 대해 말하기》 중에서

마흔 언저리에 신승환의 《철학, 인간을 답하다》에서 다음과 같은
문장을 접하고 소름이 돋았다.

내가 가진 것, 소유한 것, 누리는 것이 나의 존재가 아니라,
이해하고 해석한 그 세계가 나 자신이며 나의 존재인 것이다.

애쓰며 아등바등 살다가 어느 날 죽음을 맞이했을 때, 삶의 귀퉁
이만 알고서 그것이 세상 전부였다고 말할까 두려웠다.

그 뒤로도 그 글귀는 한참 나를 쪼아 댔다. 내가 이해하고 해석한 세계는 가정의 부속품처럼 아이를 기르고, 뒷바라지에 여념이 없는 생이었는데, 내 소유가 아닌 삶이 나의 세계라니…. 이대로 내가 존재했고 죽을 수도 있다니…. 삶에 발목 잡혀 옴짝달싹 못 한 듯 무력함을 느꼈다.

그 무렵, 아무리 용을 써도 깊은 우울함에 빠져 버린 나를 들어 올릴 재간이 없다고 느낄 때면 마치 역도 선수가 된 기분이 들었다. 극한의 중량을 가진 역기를 머리 위까지 들어 올리려고 새빨개진 얼굴로 목에 핏대를 세우며 안간힘을 쓰는 모습. 그 모습이 꼭 나 같았다.

아이를 낳고 나서야 알게 되었다. 번듯한 직장을 가지고 꼬박꼬박 들어오는 월급만큼 자유롭고 주체적인 결정을 내릴 수 있었다는 것을. 아이를 기르는 일은 죽을 만큼 힘든데 아무도 알아주지 않았다. 나를 아무 때나 가져다 쓰려고 하는 이들 사이에서, 그래도 되는 존재에서 벗어나고 싶었다. 그런 다짐 때문이었을까? 한 번도 와 닿지 않던 단어들이 내 삶에 들러붙기 시작했다.

그 단어들을 하나로 모으니 다음의 문장이 완성되었다. '삶에서 자기 결정권을 가진 사람으로 건강하게 자립하고 싶다.'

세상에는 내가 써도 내 것이 되지 않는 말이 있다. 나에게는 '자립'이란 단어가 그러했다. 자립, 사전에서는 '남에게 예속되거나 의지하지 아니하고 스스로 섬'이라고 정의한다. 제아무리 '나는 자립한 사람이다! 나는 독립된 사람이야!'라고 외쳐 봐야 타인의 동의가 없다면 효력이 없는 단어다. 진정한 자립은 사회적 관계에서 증명되는 것이다.

내 삶의 주인이 되려면

《말하기 힘든 것에 대해 말하기》에서 우치다 타츠루는 자립하면 '멍청한 타인에게 혹사당하지 않아도 된다'라고 말한다. 저자는 사회적 능력이 없으면서 남편 덕에 비싸고 맛있는 이탈리안 레스토랑에 가고 넓은 집을 확보했다 한들, 남편이 멍청한 타인이라면 자기결정의 길은 구조적으로 막혀 있다고 일침을 가한다. 사회적 능력이 없는 여자를 기꺼이 아내로 맞이하는 남자는 아내에게 가사노동자이자 성적 애완동물로서 혹사하는 것 말고는 바라는 것이 없기 때문이라고 무시무시한 소리를 한다.

저자가 말하는 것처럼 멍청한 타인에 혹사당하지 않기 위해서(사실 이 부분이 몹시 통쾌하다. '멍청한 타인'이라니.)는 아니지만 내 삶의 주인이 되기 위해서는 치밀하고 꾸준하게 노력해야 한다.

나는 자립을 위해 무엇을 할 수 있을까? 아이들이 있는 엄마로서 온전함을 지킬 수 있는 방법은 무엇일까? 자립이란 경제적 부분뿐만 아니라 정서·신체적인 측면도 포함할 것이다.

눈을 지그시 감고 아무런 행동 없이 흐름대로 도달하는 곳을 생각하니 끔찍했다. 피폐해진 자신을 다독이며 자기 연민에 빠지거나 타인에게 동정을 받으며 사는 모습을 상상하니 나도 모르게 고개가 절레절레 저어졌다.

우선, 생기를 되찾아야 했다. 엄마이자 온전한 나를 위해서 외부의 상황을 바꾸기 전에 먼저 내 마음과 생각을 가다듬고 활력을 되찾는 일이 우선이었다. 사실 외부의 상황은 쉽사리 바뀌지 않는다. 그 상황을 해석하고 나 자신에게 이롭게 반응하기 위해 무기력한 마음에 활력을 불어넣는 것이 먼저다.

쏜살같이 지나가는 시간 속에서 조급함을 뒤로하고 삶의 활력을 찾기 위해서 내가 할 수 있는 것부터 했다. 정신을 쥐어짜는 것보다 몸을 먼저 움직였다. 아침 의식을 치르듯 일어나면 가벼운 스트레칭을 하고 달리기 위해 바깥으로 나갔다.

새벽 달리기의 즐거움

달리면서 생각했다. 엄마로, 논술 교사로, 나로 잘 살아간다는 것은 무엇일까? 균형 있는 삶이란 어떤 것일까? 나이가 듦에 따라 맡은 역할이 많아져 내가 점점 희미해져 갈 때 비로소 '나'라는 사람에게 서서히 관심이 생겼다. 새벽에 아무도 없는 길을 달리다 보면 생각이 무한히 자유로워진다.

하루의 대부분을 누군가가 짜놓은 판 위에 하나의 블록이 된 듯한 느낌으로 살 때가 종종 있다. 하지만 새벽 시간만큼은 내 두 다리로 어디든 달릴 수 있고 마음껏 생각을 펼칠 수 있다. 그런 의미에서 나는 새벽 달리기가 좋다.

"길쌤, 깜깜한 그 시간에 달리기 안 무서워요?"
"어제와 똑같이 오늘이 더 무서워요!"

사람들은 새벽에 달리면 무섭지 않냐고 묻는다. 나는 나를 잃고 나를 놓치고 사는 것이 더 무섭고 두렵다. 빈틈없이 나로 존재하는 유일한 이 시간이 소중하다.

가끔 달리다가 생각한다. 어쩌면 달리기는 내 몸이 붓이 되어 시간이라는 종이에 그림을 그리는 일 같다고. 점점 내가 주인공인 그림을 그리게 된다. 그렇게 달리며 힘을 길어 올린다. 그 힘으로 한 걸음 한 걸음, 나를 향해 걸음마를 하고 있다. 아이를 품고서 온전한 나로 존재하기 위해, 한 인간으로 자립하기 위해.

엄마의 문장

쏜살같이 지나가는 시간 속에서 조급함을 뒤로하고 삶의 활력을 찾기 위해서 내가 할 수 있는 것부터 했다. 정신을 쥐어짜는 것보다 몸을 먼저 움직였다.

3장

**책 읽으며
삶을 곱씹다**

"읽던 책을 그대로 펼쳐 놓은 채 생각에 잠기고" - 안 에르보

주름진 마음을
펴 주는 책 읽기

> 세계 읽기는 항상 글 읽기에 선행한다. 그리고 글 읽기
> 는 계속해서 세계 읽기를 내포한다.
>
> – 파울로 프레이리, 《문해교육》 중에서

요즘 온택트(비대면을 일컫는 '언택트Untact'에 온라인을 통한 외부와의 '연결
On'을 더한 개념) 시대에 살아남기 위해서 자기 계발에 매진하는 엄마
들을 본다. 그 모습이 눈에 들어오는 것은 나 또한 그랬고 지금도
평생 공부에서 벗어나지 못했기 때문이다.

나는 인풋만 가득한 단발성 결심 중독자였다. 책만 보면 나도 할
수 있으리라는 희망에 한껏 고양된다. 특히 자기 계발서를 볼 때 그
렇다. 새벽 기상만 성공하면 인생이 드라마틱하게 바뀔 것 같고, 돈
의 속성만 알면 세상의 모든 부를 끌어당길 수 있을 것 같다. 저자

의 성공 이야기를 듣다 보면 나도 곧 뭐라도 할 수 있을 것 같은 희망이 샘솟는다. 그러나 그 책의 유용함은 딱 거기까지다. 납작해진 마음에 바람을 넣는 것, 거기까지다. 더 나아가면 자괴감과 마주할 테니까.

하루는 친구가 책을 읽어도 달라지는 점이 없다고 하소연했다. 그래서 나는 무엇이 달라지면 좋겠는지 물었다. 친구는 모르겠다고 했다.

달라지고 싶고 개선하고 싶은 목록이 있는 것과 없는 것은 천지 차이다. 독서는 내 시간만 넣고 돌린다고 원하는 모습이 되어 나오는 뽑기가 아니다. 질문 없이 읽는 책은 '시간을 먹어 치우는 하마'에 불과할 수 있다.

책을 읽는 동안에는 내가 어떤 행동을 하지 않아도 '공부하고 있으니까.'라는 변명 뒤에 숨을 수 있다. 변하고는 싶지만 아무것도 하고 싶지 않은 사람이 행동을 유예할 수 있는 최고의 방법이다. 가장 유익한 모습으로 우아하게 시간을 탕진할 수 있는 방법일 수 있다는 말이다.

어릴 적 엄마의 잔소리를 피할 수 있었던 유일한 방법도 책에 있었다. 책만 펼치고 있으면 모든 것이 다 허용되었고, 엄마가 된 뒤에도 책을 펼치고 공부하고 있는 순간만큼은 아이들도 내 시간을 인정해 주었다. 책은 동지이자 도피처로의 역할을 톡톡히 해 왔다 (물론 나는 모든 이유를 떠나서 책을 읽고 순간순간 튀어나오는 내 생각과 마주하는 시간이 별나게 즐겁기도 하다).

내 것으로 만드는 책 읽기

삶의 모습을 좀 더 개선하고 리모델링하고 싶다면 책 읽는 방식도 적극적이 되어야 한다. 적극적이라는 말은 폭식하듯 읽거나 과도하게 지식을 밀어 넣으라는 뜻이 아니다. 그런 행동은 과감하게 멈추고 나를 대면하는 데 적극적이 되자는 말이다. 생각하는 일에는 에너지가 많이 든다. 마냥 책을 보는 순간에는 내가 특별히 성실한 삶을 살고 있고 애쓰고 있다는 자기만족까지 생긴다.

그런데 아무 생각 없이 그저 저자의 생각에 홀라당 넘어가서 감탄하거나 후회와 자책만 하다가는 원점에 그대로 서 있는 자신을 마주하게 된다. 참 좋은 책이었다는 말밖에 할 이야기가 없다. 금쪽같은 내 시간은 온데간데없이 언제 사라진지도 모른 채.

아이들도 매한가지다. 공부하느라 오랜 시간 학원을 순례한다. 하지만 정작 학원에서 배운 지식을 익힐 시간 없이 집어넣기만 하면 '공부만' 하는 아이로 자란다. 논술 수업을 하면서 가장 안타까울 때는 바쁜 스케줄에 지쳐 무엇도 자발적으로 하려는 의지가 없는 아이들을 목격할 때다. 책을 읽으며 자기 생각을 가다듬어서 자기 견해를 갖게 되고, 그것을 설명하고 글을 써보는 과정에서 성장의 기쁨을 맛보아야 하는데, 이미 지친 아이들은 "그냥 알아서 해주세요.", "답이 뭐예요?" 하며 생각마저 외주화 하고 싶어 한다(물론 예외적으로 살인적 스케줄에도 자발성을 가지고 덤벼드는 아이들도 있다).

책 한 권이 가져다주는 성장

앞에서 밝힌 대로 나도 지독하게 인풋만 많았던 사람 중에 한 명이다. 그래서 변화가 유독 느렸다. 조금 바뀌기 시작한 것은 책이나를 소비하지 않고 내가 책을 소비하면서부터였다. 이제 와서 할수 있는 말은 한 권이라도 제대로 읽는다면 성장할 수 있다는 것이다. 다만 책을 읽기 전에 나를 제대로 읽는 일이 선행되어야 한다. 저자의 생각을 읽기 전에 내 생각을 먼저 읽고 나에 대해 탐구해야한다.

물론 처음부터는 나를 제대로 읽어 내지 못한다. 쉽지 않다. 하지만 책을 읽을 때 내가 주체가 되어서 읽는다는 마음, 그 인식이 있고 없고의 차이는 극명하다. 나에 대한 신뢰가 없고, 나조차 자신을 계몽해야 할 대상이나 어딘가에 쓰일 존재로만 여길 때 배움 자체에 중독되기 쉽다. 자신이 모자라다는 느낌에서 달아나고 싶은 것이다. 그럴 때는 책이나 유튜브 같은 인풋을 과감하게 줄이고 좋아하고 원하는 것이 무엇인지 생각할 여유를 자신에게 허락해야 한다. 나를 성찰한 뒤, 그 이해를 바탕으로 미래를 그려 보고 그 사이 간극을 메우기 위한 질문을 품고 책을 읽자. 그리고 자신에게 적용할 수 있는 것을 분별해서 하나하나 행동으로 옮겨 보는 것이다.

책을 읽을 때 욕심을 덜어 내는 과정이 필요하다. 책의 전부를 다 내 것으로 만들고 싶어서 욕심을 내면 아무것도 내 것이 되지 않는다. 한 가지라도 내 것으로 만들겠다는 마음으로, 읽으면서 자신에게 필요한 행동 하나만 취한다면, 그 행동이 더 많은 생각과 실천을 낳아서 나만의 이야기를 이룬다.

남의 것에 현혹되어 내가 아닌 다른 존재가 되려는 노력을 하지 말아야 한다는 점을 기억하자. 남과 비교하느라 느끼지 않아도 될 자괴감에 빠지지 않았으면 좋겠다. 독(讀)서와 독이 되는 독(毒)서는 한 끗 차이다. 긴 시간 맹목적인 독서를 했던 내 경험에서 우러난 말이다.

온전히 나를 위한 책 읽기

엄마 나이 마흔 즈음이면 아이는 조금씩 커 가고 아이에게 가 있던 마음이 다시 내게 돌아오려 할 때다. 그때 갈 곳을 잃고 아이와 나 사이 어디쯤에서 서성이기 쉽다. 그제야 자기 자신의 부재를 인식한다. 나를 잊고 지낸 시간 속에서 느끼는 불안과 두려움은 아이를 공부시키며 채우려 들기 쉽다.

그럴 때 단호하게 자신에게로 다시 눈을 돌려야 한다. 불안과 두려움을 응시하고 그것을 달래고 응답하기 위해 나를 읽자. 그것을 해결하기 위한 책 읽기여야 한다. 필요하다면 '종이책'뿐 아니라 옆에 있는 '사람이라는 책'도 찾아가 읽어 보기를 권한다.

아이들을 키우느라 좁고 뻔해진 삶의 반경을 조금씩 넓히는 일이다. 다양한 사람의 다양한 면과 부딪히면서 나를 겪어 본다면 자신을 좀 더 입체적으로 느낄 수 있을 것이다. 그렇게 된다면 쭉정이같이 쪼그라든 마흔은 조금 탱글탱글 생기가 도는 나이가 될 것이다.

엄마의 문장

독서는 내 시간만 넣고 돌린다고 원하는 모습이 되어 나오는 뽑기가 아니다. 질문 없이 읽는 책은 '시간을 먹어 치우는 하마'에 불과할 수 있다.

비교에 대처하는
자세

> 진실은 빛과 같이 눈을 어둡게 한다. 반대로 거짓은 아름다운 저녁노을과 같이 모든 것을 아름답게 보이게 한다.
>
> – 알베르 카뮈(프랑스 극작가)

SNS를 하다 보면 나도 모르게 남과 비교하게 된다.

'아니, 저 사람은 어떻게 책 쓰면서 여러 일을 할 수 있지?'
'아니, 저 사람은 어떻게 책 쓰면서 아이와도 추억을 쌓고 있지?'
'아니, 저 사람은 어떻게 하루를 저렇게 알차게 보내지?'
'아니, 저 사람은 어떻게 많이 배우려고 저렇게 노력할 수 있지?'

사진 한 컷으로 끝나지 않고 그 사진 밖으로 동영상이 자동 재생

되는 듯한 착각이 든다. SNS 속 사람은 한결같이 정갈하고 다정하며 늘 가족들과 한껏 웃고 있을 것 같다. 모든 사람이 나만 빼고 균형 있는 삶을 살아가고 있는 것 같다.

'어쩜 저렇게 삶을 잘 가꾸며 살까?'

나도 애쓰고 있는데, 그와 비교되어 한없이 침잠하게 된다. 그럴 때면 나의 하루를 유심히 되돌아본다.

두 가지를 동시에 못 하는 나는 초고를 쓰는 동안에는 책에 대한 생각밖에 하지 못했는데, 내가 좁디좁은 그릇의 소유자 같다는 생각에 빠진다. 거기에서 더 나아가 아이들과 보내지 못한 시간에 대한 죄책감에, 오늘따라 집은 어쩌면 이렇게 어수선한지 생각한다. 호환마마보다 무섭다는 비교와 자책의 순환이 시작된 것이다.

하지만 망상에 가까운 상상력을 끊어야 한다. 스스로 변변치 않다고 생각하는 사이, 저 멀리서부터 울리는 경고음을 새겨들어야 한다.

새로운 일에 뛰어들 때 이전의 생활 리듬이 와장창 깨지는 것은 어쩌면 당연한 일이다. 그런데 나는 조금씩 나아가고 있다는 생각은 못 하고 균열이 와서 흔들리는 상황에 더 매몰된 것이다. 도전의 결과를 알 수 없는 상황에서 불안함과 자기 의심, 비교가 발병한 것이다.

상상력으로 비교와 불안을 키웠다면 이제 창의력으로 나를 다시 복원해야 할 때였다. 왜냐하면 나는 온전한 삶을 살고 싶기 때문이다. 불안과 비교는 마음속 괴물에게 좋은 먹이다. 이 감정에서 벗어나기 위해서는 불안과 비교, 두려움 같은 녀석들의 실체를 알아야 했다.

마음을 열고 신선한 공기 마시기

초고를 쓰는 내내 부족하다는 생각, 마른 우물이 되었다는 느낌이 깊게 드리워 있었다는 사실을 알아차렸다. 부족하다는 마음에서 벗어나려면 '나는 충분하다'로 생각의 전환이 필요한데 말처럼 쉽지가 않다. 그리고 '나는 한 가지만 할 수 있는 사람'이라는 꼬리표를 떼기 위해 나를 조이고 있던 벨트를 느슨하게 할 필요가 있었다. 마음에 신선한 공기가 통하도록 마음의 문을 열어야 했다. 《나는 불완전한 나를 사랑한다》에서 브레네 브라운은 이렇게 말한다.

'비교에서 벗어나기'란 쉽게 해치울 수 있는 일이 아니다. 꾸준히 관심을 두고 신경을 써야 할 수 있다. 우리는 걸핏하면 시선을 돌려 남들은 뭘 하는지, 그들이 나보다 앞섰는지 아니면 뒤처졌는지 확인한다. 하지만 자신만 가지고 있는 독특함을 표현하는 창의력은 자신에게 집중할 수 있게 해주기 때문에 창의적인 활동은 완벽하게 독특하고 그 무엇과도 비교할 수 없는 것을 만들어낼 수 있다.

자신에게 집중하기 위해 내가 할 수 있는 창의적인 활동은 무엇일까? 지금처럼 나의 마음을 분해하고 정돈하는 글쓰기가 될 수도 있고, 나에게 집중하는 달리기 같은 활동일 수도 있겠다. 그래서 다시 내 삶의 고유한 맥락을 찾는 일이겠다.

비교는 극복해야 할 바이러스일 뿐

타인과의 비교는 내면의 면역력이 떨어졌을 때, 내가 변변치 못하다는 생각이 들 때면 찾아오기 마련이다. 철 따라 피는 꽃처럼, 환절기 감기처럼 자연스럽다. 정신 못 차리고 있다 보면 비교, 불안, 두려움 3종 세트가 달려 들어 끝을 알 수 없는 늪 속으로 빠지게 된다. 그럴 때는 카메라를 줌아웃 해서 나를 구출해야 한다.

삶은 늘 과정 속에 있고 모든 감정은 자연스럽게 왔다 가는 것이라고, 머리로는 알지만 인정하지 못할 때가 더 많다. 아는 것과 실제 삶의 간격을 좁히기 위해 오늘도 부정적인 감정에 휩쓸리지 않는 기술을 익힌다. 경험치를 하나 더 쌓았다고 생각한다.

자신의 감정을 숨기기 위해서는 힘이
그것을 표현하기 위해서는 용기가 필요하다.
　　　　　　　　　　　 - 데이비드 그리피스, 〈힘과 용기의 차이〉 중에서

비교 바이러스에 감염되어 잔뜩 충혈되었던 마음의 힘을 푼다. 내면의 감정을 바라보고 좁디좁은 그릇의 소유자라고 인정하는 용기를 낸다. 다만 오늘은 그 그릇에 무엇을 담을지 생각해 본다. 작은 그릇일지라도 깊은 속을 가졌을지 모를 일이니.

엄마의 문장

삶은 늘 과정 속에 있고 모든 감정은 자연스럽게 왔다 가는 것이라고, 머리로는 알지만 인정하지 못할 때가 더 많다. 아는 것과 실제 삶의 간격을 좁히기 위해 오늘도 부정적인 감정에 휩쓸리지 않는 기술을 익힌다.

낯선 나를
알아 가는 행복

내 안에도 많지만
바깥에도 많다.

내가 믿어 온 것도 나였고
내가 결코 믿을 수 없다고 했던 것도 나였다
— 이문재, 〈밖에 더 많다〉 중에서

    언제부터인가 '행복하다'라는 말을 사용하지 않게 되었다. 행복이란 단어에서 왠지 모를 피로감이 느껴졌다. 젊은 시절에는 행복에 집착하며 살았다. 매 순간 행복한지 물었다. 행복을 일정한 모양과 부피가 있는 것, 일정한 간격으로 배치해야 하는 것으로 생각했다.

    내가 생각한 행복은 하나같이 똑같은 모습과 똑같은 표정이었다. 행복하기 위해서 여행을 가고, 기념일을 챙기고, 각종 이벤트를 하고, SNS에 전시하기 좋은 장면과 표정을 연출하면서 살았다. 그렇게 행복을 연출하면서도 나는 늘 행복 건너편에 있는 것 같았다.

엄마가 된 뒤에야 행복에 대해 다시 생각할 수 있었다. 때때로 아이가 주는 기쁨으로 행복하다는 생각이 드나들었다. 그러나 아이들이 커 갈수록 엄마로서 느끼는 기쁨만큼 나를 잃어버린다는 느낌에 조급함이 커졌다. 다시 돌아오지 못할 시간을 아이들과 함께한다는 사실에 벅찬 기분이 들기도 했지만, 모든 것이 흘러가는데 나만 그곳에 머물고 말 것 같아 불안했다. 불안이 나를 가만 놔두지 않을 때면 모성이 결핍되거나 문제 있는 사람이 된 기분이 들었다.

내가 선명해지는 시간

유일한 환기구는 글 쓰는 일이었다. 글 쓰는 시간만큼은 엄마인 나를 지우고 내가 선명해지는 시간이었다. 누구에게도 말할 수 없는 것들에 관해 썼다. 글을 쓸 때는 혼자 있고 싶은 마음을 조금이나마 해소할 수 있었다. 온전한 나에 대한 갈구는 여성의 삶에 대한 근원적인 질문으로 이어졌다.

그 의식의 흐름은 자연스레 젠더의 문제에 닿아 있는 사람들의 글을 찾게 했다. 그리고 앞선 시대의 글 쓰던 여성에게 관심을 가지게 되었다. 그 어귀에서 만난 사람 중 유독 강렬하게 다가왔던 사람이 나혜석이다. 나를 사로잡았던 글은 바로 〈나를 잊지 않는 행복〉이었다.

평온무사한 것을 우리 행복의 초점으로 삼는다면 행복은 확실히 우리 생활을 고정시키는 것이요, 활기 없게 만드는 것이며, 게으르게 만드는 것이요, 우리로 하여금 퇴보자요, 낙오자가 되게 하는 것이다.

(…) 보라, 얼마나 귀중히 여기고 보호하던 생명조차 하루아침 하룻밤에 끊어지지를 않는가! 철석같이 맹세한 연인 동지의 마음이 변하지 않는가. 최고 행복도 아무렇지도 않게 없어지고 마는 것이 아닌가. 연인에게 뜨거운 사랑을 받고 벗에게 깊은 믿음을 얻는다 해도 상당한 시기가 지나면 싫증이 나고 변하는 것이다.

(…) 그리하여 이 한때에 행복을 빼앗길 때마다 어느 때든지 그 상처를 아물릴 만한 행복을 늘 준비하는 것이 우리의 더할 수 없는 일거리 되는 바이다. 이는 역시 자기를 잊지 말고 살아가려는 목표를 정하는 여하에 있는 것이다… 외형의 여하한 행복을 받는지 또는 외형의 여하한 행복을 잃어버리든지 행복의 샘, 내 마음 하나를 잊지 말자는 것이다. 사람은 누구든지 힘을 가지고 있다. 그 힘을 사람은 어느 시기에 가서 자각한다. 아무라도 한 번이나 두 번은 다 자기 힘을 자각한다. 그것을 받는 사람은 즉 자기를 잊지 않는 행복을 느끼

는 자다. 또 사람은 자기 내심에 자기도 모르는 정말 자기가 있는 것이다. 그(보이지 않는 자기)를 찾아내는 것이 곧 자기를 잊지 않는 것이 된다.

　　　　　　　　　– 나혜석, 《나혜석, 글 쓰는 여자의 탄생》 중에서

　이 글은 1931년 나혜석이 쓴 글이다. 100년 전에 살던 그녀가 나에게 말을 걸어왔다. 생각에 생각이 꼬리를 물었다.

　'여자는 결혼하고 아이를 낳고 내 집을 마련하고 아이를 반듯하게 길러내는 일이 최종 목표여야 할까? 더는 없을까?'

　순서대로 나오는 코스 요리처럼 해야 할 고민도 차례차례 주어졌다. '모름지기 엄마라면'이라는 프레임을 강요하는 세상이지만, 나 자신을 잃지 않으려는 마음이 강렬한 시기였다. 그 찰나에 그녀의 글이 성큼성큼 내 마음에 다가왔다. 덕분에 내 고유한 행복에 대해 진지하게 생각해 볼 수 있었다. 그녀의 행복론 덕에 행복이란 단어에 묻었던 피로감을 덜어 내고 새로이 써 볼 수 있겠다는 생각이 들었다.

　외부 환경과 타인에 기대지 않고 나를 잊지 않을 때 느끼는 행복감이라니. 아이들만큼 나 자신도 사랑하는 마음에 죄책감 대신 묘한 안도감이 들었다. 결국 내 행복도 내가 길어 올리는 것이다.

근사한 나로 살아가려면

나를 잊지 않기 위해 나는 어떻게 해야 할까? 어떤 상처도 아물게 할 만한 행복을 준비하기 위해 또는 내 마음 잊지 않기 위해 난 무엇을 할 수 있을까? 그건 바로 어떤 상황에도 고유성을 잃지 않고 살아가는 것, 내가 온전하기 위해 애쓰는 것일 테다.

그녀처럼 개인으로서 사는 삶과 사회적 인간으로서 사는 삶. 나도 그렇게 근사하게 존재하고 싶다. 그 방법을 찾는 일이 자기를 잊지 않는 일인 것처럼 그것을 찾아볼 요량으로 나에게 시간을 주려한다. 수없이 많은 나의 모습 중에 내가 모르는 낯선 나를 찾아보려한다.

더 이상 과거를 현재로 만들지 않고 지금 이 순간에 존재하고, 내 안에도 밖에도 존재하는 나를 찾을 것이다. 더 이상 내가 낯설지 않도록 낯선 나와도 친해져 보려 한다. 그렇게 내 마음을 잊지 않고 살아 보려 한다.

그런 이유로 오늘도 내 마음을 받아 적으며 도착한 하루를 열어본다. "우리 앞에 비추이는 현재의 환희로 살지 못함은 곧 가까운 과거를 현재로 만드는 까닭이었다. 그러므로 기실은 현재는 없어지고 만 것이다."라는 나혜석의 말처럼.

엄마의 문장

나를 잊지 않기 위해 나는 어떻게 해야 할까? 어떤 상황에도 고유성을 잃지 않고 살아가는 것, 내가 온전하기 위해 애쓰는 것일 테다.

나만의
파란 시간

파란 시간을 아세요?
불을 켜기엔 아직 환하고
책을 읽거나 바느질을 하기엔 조금 어두운 시간
읽던 책을 그대로 펼쳐 놓은 채
　　　　　　　– 안 에르보, 《파란 시간을 아세요?》 중에서

　책 몇 권을 책장에서 꺼냈다. 그 사이 시집이 두어 권 있었다. 뽑아 든 시집을 보고 '내 마음에 어려움이 있구나.' 하고 깨닫는다. 꼭 마음이 어두운 날에는 시집이 손에 잡힌다.

　패턴화된 행동을 통해서 나의 마음을 인식할 때가 많다. 가령 정수리 머리카락을 한 올 한 올 만지다가 돼지털처럼 굵고 억센 머리카락을 사정없이 뽑을 때, 책장에 꽂힌 수많은 책 중에 시집을 찾을 때, '내가 지금 진통제를 찾고 있구나.' 하고 생각한다.

　팔이 아파서 봤더니 머리카락을 하도 바쁘게 쓸어 올려서 그렇다는 것을 한참 뒤에 알게 될 때도 있었다. 덕분에 내 정수리의 머리카락은 나만 알 수 있을 정도지만 듬성듬성 휑한 상태다.

부부 싸움을 하다가도 안방으로 달려 들어가 스님이 불경 외듯이, 성당에서 묵주 기도 드리듯이 시집을 꺼내서 외기도 했다. 그 행동이 또 다른 싸움의 불씨가 되었지만…. 남편 입장에서는 싸우는 순간마저 자신에게 불성실하다 생각한 모양이었다. 그렇지만 내 영혼이 온전하기 위해서 어쩔 수 없었다. 불행한 순간까지 성실하고 싶지는 않았다.

자기 문장에 근거가 되는 삶

같은 시집이라도 읽을 때마다 마음에 닿는 시가 달라진다. 여태 한 번도 눈에 들지 않았던 시가 눈으로 걸어서 마음으로 들어오기도 한다.

어느 날, 류시화의 《시로 납치하다》를 읽었다. 류시화가 소개하는 시 중에서 찰스 레즈니코프의 시가 눈에 들어왔다.

생활비를 벌기 위해 하루 종일 일한 후 나는 지쳤다.
이제 나의 일을 해야 할 날이
하루 더 사라졌구나 하고 생각했다.

하지만 천천히, 천천히 나의 힘이 되돌아왔다.

그래, 밀물은 하루에 두 번 차오르지.

　　　　－찰스 레즈니코프, 〈생활비를 벌기 위해 하루 종일 일한 후〉

아, 그럼에도 밀물이 차오른다니…. 시인에 대해 더 알게 되면 다시 마음을 세울 수밖에 없다.

찰스 레즈니코프는 60대 후반이 되어서야 세상에 알려지기 시작했다고 한다. 그전까지 그는 생계를 위해 일하며 시 쓰는 일을 놓지 않았다. 평생 생계를 유지하기 위해 온종일 일하고 시를 썼던 그에게 시는 어떤 존재였을까?

그가 자비출판으로 냈던 시집은 사후에 꾸준히 재출간 되고 있다고 한다. 시인의 삶이 시어의 배경이 되면 그대로 서사가 완성되고 문장의 밀도가 높아진다. 나도 내 문장의 근거가 되는 삶을 살고 싶다. 나의 지금을 그가 다섯 줄로 요약한 것 같아 퍽 위로가 되었다.

쓰레기 분리수거를 하는 날이었다. 수업과 수업 사이에 아이들을 챙기고, 수업을 다 마치고 뚝딱뚝딱 아이들 끼니를 챙긴 다음, 온갖 쓰레기를 양손에 들고 나섰다. 바람 한 점 없는 공기에도 몸이 휘청거렸다. 숨을 한껏 몰아쉬어 봤지만 얽힌 마음은 나아지지 않았다. 수업할 때 에너지 넘치던 나, 틈틈이 챙기던 아이들에게 마음이 쓰여 조금이라도 다정한 눈빛을 보내던 나는 아파트 현관 문을 열고 나오면서 또 다른 내가 되었다. 몇 분 전의 모습인데 아득히 멀게 느껴졌다.

비 오기 전 습기를 한껏 머금은 공기처럼 무겁게 바닥에 깔려 있는 느낌이었다. 누군가 나를 지그시 누른다면 금세 물이 새어 나올 것만 같았다. 고단함이 마음속에 빈틈없이 채워져 한 걸음 떼기가 어려웠다.

엄마와 논술 교사, 그리고 본연의 내가 어떻게 조화를 이룰 수 있을까? 각자 다른 방향으로 열심히 내달리는 느낌은 무어라 표현하기 어려웠다. 그런 날은 그저 달리거나 일찍 잠자리에 들 수밖에 없다. 어김없이 다가오는 새벽에 다시 글을 쓰기 위해서 말이다.

글을 쓰고 있으면 내면에 밀물이 차오르는 느낌이다. 글 쓰는 시간은 일상에서 소진된 나를 채운다. 이 밀물의 시간이 또 나를 살게 한다. 긴 시간 동안 보약을 달여서 마시듯 글을 달여서 마신다.

삶의 중간 지대를 통과하는 중

《파란 시간을 아세요?》라는 그림책을 만든 안 에르보라는 벨기에 출신 작가가 있다. 그녀는 눈에 보이지 않는 시간의 개념을 시적으로 표현하는 능력이 탁월하다고 평가받는 작가다. 낮과 밤 사이 어디에도 소속되지 않는 시간에 '파란 시간'이라는 이름을 붙였다. 그녀는 인터뷰에서 다음과 같은 말을 했다.

"모든 물건들이 자신의 무게를 잃고 부유하는 시간, 계산하고 전략을 세우는 이성은 잦아들고, 감각이 날카로워지는 시간, 작은 소리나 공기 중에 실려 온 냄새에 예민하게 반응할 수 있는 때가 바로 이 파란 시간이었어요."

지금 이 글을 쓰고 있는 경계의 시간을 찰스 레즈니코프는 차오르는 밀물로, 안 에르보는 파란 시간으로 정의했다. 내 마음의 지층에 딱 알맞게 달라붙는 문장들 위에 나의 일상을 올려놓는다.

새벽과 아침 사이 그 경계의 시간을 달릴 때면 온몸의 감각이 열리는 느낌을 받는다. 얼마 만에 몸이 달구어지는지, 땀구멍 위로 솟아오르는 땀을 느낄 정도다. 그리고 어둠이 밀려간 자리에 서서히 밝아오는 빛 속으로 달릴 때면 나 역시 하나의 '찬란함'이 된 듯 황홀해진다.

어둠의 시간이 걷히면 빛의 시간이 온다고 의식에 새겨 넣는다. 그렇게 생각하면 낙담도 장담도 하지 않을 수 있다. 어둠의 시간에는 빛을 기다리고, 빛의 시간에는 충분한 기쁨을 만끽한다.

썰물의 시간이 있다 한들 그 갈라진 틈을 메우고도 넘치게 가득 채워지는 밀물의 시간도 존재하는 법이다. 선명하게 존재하는 낮과 밤 사이에는 꿈을 뒤척이게 하는 파란 시간이 있다. 이보다 희망적인 이야기가 또 있을까?

마음껏 소망을 펼칠 수 있는 그 시간. 일상과 꿈 사이, 노동과 휴식 사이의 파란 시간을 거닐며 본연의 내가 되는 시간. 어쩌면 파란 시간을 거닐던 그 걸음이 모여 일상에 작은 길을 낼지도 모르겠다. 소망하던 곳으로….

이제 시집을 닫으며 파란 시간을 뚜벅뚜벅 걸어 나온다. 밝아오는 나의 하루에 기운차게 '안녕'이란 단어를 걸고 매끄럽게 빠져나와 일상으로 들어간다. 경계의 시간, 삶의 중간 지대를 어떻게 보내는지, 그 시간을 통과해서 어디로 가고 싶은지 당신에게 물으며.

엄마의 문장

글을 쓰고 있으면 내면에 밀물이 차오르는 느낌이다. 글 쓰는 시간은 일상에서 소진된 나를 채운다. 이 밀물의 시간이 또 나를 살게 한다.

다른 이의 아픔에
공감하는 사람

이 감옥을 없애는 게 뭔지 아니? 깊고 참된 사랑이다.
친구가 되고 형제가 되고 사랑하는 것, 그것이 최상의
가치이며, 그 마술적인 힘이 감옥 문을 열어준다. 사랑
이 다시 살아나는 곳에서 인생도 다시 태어난다.

             - 반고흐, 《반고흐, 영혼의 편지》 중에서

찌뿌둥한 아침, 비가 내려 공기가 무겁게 깔린 길 위를 달리며 생
각했다. 오늘 나는 수증기를 잔뜩 머금은 뚱뚱한 구름이 된 것 같다
고. 물컹한 마음이 쏟아질 것 같기도 하고 정체를 알 수 없는 마음
이 무겁게 느껴졌다.

좀처럼 드리운 안개가 걷히지 않은 마음으로 아이와 그림책 《비
에도 지지 않고》를 읽었다.

비에도 지지 않고

바람에도 지지 않고

눈에도 여름 더위에도 지지 않는

튼튼한 몸으로 욕심은 없이

결코 화내지 않으며 언제나 조용히 웃고

(…)

들판 소나무 숲 그늘 아래 작은 억새지붕 오두막에 살고

동쪽에 병든 아이 있으면 가서 돌보아 주고

서쪽에 지친 어머니 있으면 가서 그 볏단을 짊어지고

남쪽에 죽어가는 사람 있으면 가서 두려워하지 말라 말하고

북쪽에 다툼이나 소송 있으면 쓸데없는 일이니 그만두라 말하고

가뭄 든 때에는 눈물 흘리고 냉해 든 여름에는 안절부절 걷고

사람들에게 멍청이라고 불리며

칭찬도 받지 않고 힘들게도 하지 않는

그런 사람이 나는 되고 싶다

"엄마, 이 사람 아픈 사람인가 봐."

"왜?"

"튼튼한 몸 갖고 싶다잖아. 아프니까 그렇지."

맞다. 실제로 이 책은 일본에서 오랜 시간 사랑받는 동화작가이자 시인인 미야자와 겐지가 결핵으로 세상을 떠나기 전에 지은 시이다. 이를 야마무리 코지의 그림을 더해 그림책으로 만든 것이다. 아이와 시를 읽는 데 불편한 속에 숭늉을 마시는 것처럼 마음이 편안해졌다.

아이와 함께 어떤 사람이 되고 싶은지 이야기를 나눴다. 아이는 영화배우가 되고 싶다고 했다. 자신을 좋아하는 팬이 많고, 사랑을 아주 많이 받으면 좋겠다고 했다. 키보드를 두드리면 곧바로 찍히는 글자처럼 질문과 동시에 나오는 선명한 답이었다. 부러웠다. 나는 어떤 사람이 되고 싶냐는 말에 명확히 대답할 수 있을까? 나는 과연 어떤 사람이 되고 싶은 걸까?

누구나 한번쯤 횡재를 기대한다

시가 던져준 질문이 오후 내내 내게 머물렀다. 그 질문의 답을 낸 것처럼 문득 책에서 본 김혜자 배우의 에피소드가 떠올랐다.

류시화 시인이 김혜자 배우와 네팔을 여행할 때의 일화다. 카트만두 외곽의 유적지에 갔다가, 그들은 길에서 장신구를 파는 사람들 사이에서 조용히 울고 있는 한 여인을 발견했다고 한다.

김혜자 배우는 그 여인이 왜 우는지 이유도 묻지 않은 채 그저 곁에 앉아서 한참을 손잡고 울어 주었다 했다. 시간이 지나 여인의 울음에 웃음이 섞였고 이내 미소가 번졌다고 한다. 김혜자 배우는 그 여인과 헤어질 때 큰돈까지 쥐어 주었다고 했다. 류시화 시인은 돈을 준 이유에 대해서 물었고 김혜자 배우의 대답은 이랬다.

"누구나 한 번쯤은 횡재를 하고 싶지 않겠어요? 인생은 누구에게나 힘들잖아요."

아, 타인의 아픔을 지나치지 않고 기꺼이 함께하는 일이 과연 흔할까? 그 문장을 읽고 나도 누군가에게 횡재 같은 사람이 되고 싶다고 생각했다. 마음이야 누구나 따뜻한 사람이고 싶지만 행하기는 얼마나 어려운가?

다시 돌아와서, 실천적 삶을 살았던 미야자와 겐지의 물음에 나도 답해 본다.

세상 모든 일에 내 잇속을 따지지 않고
잘 보고 들어 알고 그래서 잊지 않고
내 아픔에 지지 않고

타인의 아픔 지나치지 않고
곁을 내어 주는
그런 사람이 나는 되고 싶다.

타인을 사랑하는 일

마음을 베인 엄마들, 손 내미는 이들 곁을 찾아가 테이블 강연회를 하는 분이 가까이에 산다. 그분을 볼 때마다 진정으로 자신을 사랑하는 사람이라고 생각했다. 자신을 가장 고귀한 곳에 두고 귀한 존재로 사용하는 사람. 참 멋지다. 그분을 보는 내 마음에 자석처럼 붙은 말이 있다.

내 마음이 행복해서 하는 일이니까, 나를 위한 거예요. 누구를 대가 없이 사랑할 수 있다는 건 그들을 돕는 것이기도 하지만 내 삶이 행복해지는 최고의 방식이에요. 조건 없이 사랑을 주는 건 내가 나를 사랑하는 방법이라고 생각해요.

— 박상미, 《나를 믿어주는 한 사람의 힘》 '김혜자 인터뷰' 중에서

타인을 품고, 타인을 사랑하는 일이 곧 나를 사랑하는 방식이 되는 근사한 일, 그런 사람. 나도 그러고 싶다고 되뇌어 본다.

엄마의 문장

마음이야 누구나 따뜻한 사람이고 싶지만 행하기는 얼마나 어려운가?

정성스러운 마음은
통하기 마련이다

오직 세상에서 지극히 정성을 다하는 사람만이 나와
세상을 변하게 할 수 있다.

－《중용》23장 중에서

한 아이와의 첫 수업은 지금 생각해도 진땀이 삐질삐질 난다. 자만일지는 모르겠지만 내 수업이 통하지 않는 아이가 있다니…. 한 시간 동안 계획했던 수업은 조금도 진행할 수 없었다. 모든 경험을 탈탈 털어서 시도했건만 수업할 의지가 전혀 없는 아이, 아니 안 하기로 작정한 아이와는 어떤 것도 할 수 없었다.

일찌감치 필독서와 워크북을 접고 아이와 이런저런 대화를 시도했다. 하지만 마음을 열지 않은 아이는 말문도 열지 않았다. 눈앞에 아무도 없는 것처럼 혼자 책을 펼쳤다가 덮고 이리저리 움직였다.

사실 이런 경우는 처음이라 다른 방법을 찾아야 했다.

일곱 살이던 아이는 영어유치원을 다니고 있었는데 많은 수업에 지쳐 워크북 비스름한 것만 들이밀어도 진저리를 쳤다. 몇 해 뒤에 미국으로 갈 예정이며 그 전에 우리나라 문화나 언어를 잘 습득할 수 있게 하고 싶다는 엄마의 바람으로 시작한 독서 수업이었다.

독서 수업에서 중요하게 생각하는 점이 하나 있다. 책이 아니라 아이가 주인공이라는 점, 책을 보기 위해 아이가 있는 것이 아니라 아이를 위해 책이 있다는 점이다. 어떤 학년을 맡든지 어떤 주제로 수업하든지 생각에는 변함이 없다.

먼저 엄마에게 수업의 형식은 기존 수업을 벗어나 자율적으로 진행할 테니 믿고 맡겨 달라고 양해를 구했다. 분명 6개월 뒤에는 아이가 내 앞에 앉아서 같이 책을 읽고 있을 거라고 확신을 줬다. 엄마의 불안을 달래기 위해 한 빈말이 아니었다. 어른이든 아이든 온마음을 다해 정성을 쏟으면 변한다는 사실을 경험으로 배웠기 때문이다. 진심은 닿는다. 그 말은 진리다.

책을 좋아하게 만드려면

첫 번째 미션은 아이와 친해져서 나를 좋아하게 만들고, '책은 재미있다.'라는 사실을 알게 해 주는 것이다. 그러기 위해 내가 준비하는 지금 모습이 끝이 아니라는 점을 믿게 해야 했다. 아이는 늘 자라는 과정 중에 있다는 믿음을 가지고, 내가 책을 좋아하고 재미 있게 느끼는 마음만 전달하면 된다.

처음 몇 주 동안은 학습의 냄새가 나는 것들을 보란 듯이 먼저 덮 는다. 그러고는 절대 펼치지 말라고, 아무것도 쓸 생각하지 말라고 미리 엄포(?)를 놓는다. 아이는 경계 태세를 풀고 '저 선생님 뭐지?' 하며 슬슬 호기심을 가진다. 그때 최대한 만만하고 재미있는 책을 맛있게 읽어 준다. 이때는 똥, 방귀가 나오는 책도 유용하다. 어른 들의 질서 속에서 살고 있는 아이들은 똥, 방귀가 나오는 책을 좋아 한다. 이 같은 주제를 접했을 때나마 해방감과 자유로움을 느끼기 때문이다.

책을 읽어 주면 아이가 반응하는 순간이 있다. 그때를 놓치지 않 고 아이의 말을 듣고 대화로 이어지도록 한다. 결국 아이가 자기 이 야기를 많이 할 수 있도록 판을 깔아 주는 것이다. 책이 아닌 아이 가 온전히 주인공이 되는 시간이다. 그렇게 노는 시간이 쌓이면 아 이는 조금씩 마음을 열고 나의 말에 귀를 기울인다. 그때 가볍게 "이거 우리 한번 해 볼까?" 하며 슬며시 발달 과업에 맞는 발문이나 활동을 조금씩 내미는 것이다. 그러다 보면 아이는 한번 해볼까 하 고 엉덩이를 당겨서 내 앞에 앉는다.

이렇게 나와 책을 좋아하게 만드는 것이 중요하다. 뭐든 좋아하게 되면 자발성이 생기기 마련이다. 단, 그 시간에 도달하기 전까지 재지 않고 아이의 속도를 믿고 같이 시간을 보내야 한다. 아이에게 좋아하는 마음이 생기기까지 기다릴 수 있는 것은 그렇게 될 거란 확신이 있기 때문이다.

시간의 물결에 몸을 맡기고

누구나 잘하고 싶다. 아이도 어른도 마찬가지다. 성장하고 싶은 마음이 있다. 잘하고 싶은 그 마음에 따스한 빛을 비추면 된다. 우리가 불안한 이유는 눈앞의 문제 행동이나 지금의 어설픈 모습이 영원할 것 같아서다. 그래서 오지도 않은 미래를 미리 걱정한다. 흔히 큰 그림을 그려야 한다, 큰 숲을 봐야 한다지만 때로는 불확실한 큰 숲보다 풀 한 포기에 집중하는 것도 중요하다.

시간의 물결을 보아라.

아침이다.

내일 아침이다.

오늘 밤에

내일 아침을 마중 나가는

나의 물결은

푸르기도 하여, 오

그 파동으로

모든 날빛을 물들이니

– 정현종, 〈꽃시간 1〉 중에서

오늘의 꽃 시간이 파동을 일으켜 모든 날빛을 물들이니, 내 눈앞의 사람, 내 눈앞의 시간에 정성을 다해 본다. 나는 '정성스럽다'와 '기꺼이'라는 말을 좋아한다. 이처럼 단정하고 예쁘며 능동적인 단어가 또 있을까? 중용의 구절처럼 정성스러우면 변할 수 있고 성장할 수 있다. 따라서 기꺼이 정성을 다하고 싶다. 오늘의 날빛으로 내일을 물들일 수 있으니.

후일담. 그 아이는 정말로 6개월 뒤부터 내 앞에 다소곳이 앉아서 신나게 수업에 임하고 있다. 심지어 나와의 수업을 한 번 더 하고 싶다고 하여 일주일에 두 번 만나고 있다. 다른 수업에서도 몰라보게 태도가 달라졌다고 한다.

나의 영향도 있겠지만 아이는 자라는 과정에 있고 우리 또한 안으로 자라고 있음을 잊지 말아야겠다. 사람이든 상황이든 변하게 마련이니 어떤 순간에도 정성을 들일 일이다.

엄마의 문장

오늘의 꽃 시간이 파동을 일으켜 모든 날빛을 물들이니, 내 눈앞의 사람,
내 눈앞의 시간에 정성을 다해 본다.

누구에게나
필요한 회복의 장소

너무 멀리 가기 전에 자기 자신에게 돌아와야 한다.
나의 퀘렌시아를 갖는 일이 곧 나를 지키고 삶을 사랑
하는 길이다.
- 류시화,《새는 날아가면서 뒤돌아 보지 않는다》중에서

　　나는 꽤 고독을 즐기는 편이다. 솔직하게 말하자면 약속이나 모
임이 잡혀 있으면 일단 마음에 다크서클이 미리 드리운다. 내가 먼
저 약속하고서도 가끔은 무슨 핑계를 대면 안 나갈 수 있을까 궁리
하기도 하는 나는, 자발적 은둔형 외톨이가 될 때 비로소 자유롭다
고 느낀다.

　　혼자만의 시간이 공기처럼 중요한 사람인 나는 눈에 띄지 않는
것을 잘 알아채고, 잘 읽어 낸다. 대신 높은음에 취약해서 평소보다
큰 소리를 들으면 못으로 쇠 긁는 소리 듣는 것처럼 신경이 날카로

워진다.

예민한 감각기관을 통해 에너지가 잘 흩어지기 때문에 에너지를 모을 시간이 필요하다. 보통 오후에는 아이들과 논술 수업을 하기에 특하나 충전할 시간이 필요하다. 그래야 저녁까지 에너지를 가져갈 수 있다. 안 그러면 정작 중요한 나의 아이들에게 짐승 같은 모습을 보이기 일쑤이니. 그런데 이상하게도 수업을 하면 또 충전이 된다. 아무래도 나의 시간, 나의 일로 돌아갈 때 에너지 순환도 잘 되는 것 같다.

나만의 공간을 허락하기

되돌아보면 나를 숨 막히게 하는 상황은 시간적, 공간적, 정서적으로 여유가 허락되지 않을 때다. 육아에 전념할 때 가장 힘들었던 부분 또한 10분도 내 시간이 없는 상황이었다. 집에서도 내 숟가락 아니면 밥을 안 먹던 내게 "너 같은 딸 낳아서 키워봐라." 하던 엄마의 저주대로 나와 똑 닮은 아이를 낳았으니, 예민한 아이에게는 공기처럼 또 내가 필요했다. 이 얼마나 가혹한 운명의 악순환인지.

9개월에 홀로 몸도 못 가누면서 일찍 걷고 싶어 하는 의욕 충만한 아이였다. 기어 다니다가 잡고, 서고, 걷고 해야 하는데 기는 시간 없이 바로 걷겠다고 어찌나 끙끙대며 고집을 부리던지 깨어 있는 시간엔 아이의 겨드랑이에 손을 넣고 걷게 해야 했다. 수 시간을 쪼그린 채 아이와 같은 보폭으로 걸음을 옮기다 보면 허리가 둘러 빠질 것 같은 고통이 따랐다.

아침 해가 뜰 때면 그 노동에 시달릴 생각에 한숨이 지어지던 나날이었다. 하지만 더 힘든 것이 있었으니, 바로 혼자만의 시간이 허락되지 않는다는 점이었다. 나 아니면 안 되는 아이는 누구에게도 가지 않고 나와만 있으려 했으니 그때로 돌아가라 하면 아무리 눈에 넣어도 안 아플 내 새끼여도, 군대를 두 번 가는 일에 맞먹는 공포로 다가온다.

행복하게 걸을 수 있는 오늘의 힘

몸과 마음이 지쳤을 때 휴식을 취할 수 있는 나만의 공간을 '퀘렌시아'라고 한다. 이 말을 처음 접한 것은 류시화의 책을 통해서였다. 퀘렌시아는 스페인어로 '애정, 귀소, 본능, 안식처' 등을 뜻한다고 한다. 투우사와 싸워 지친 소가 잠시 쉬면서 숨을 고르는 영역을 말한다.

퀘렌시아는 회복의 장소이다. 세상의 위험으로부터 자신이 안전하다고 느끼는 곳, 힘들고 지쳐있을 때 기운을 얻는 곳,

본연의 자기 자신에 가장 가까워지는 곳이다. 산양이나 순록이 두려움 없이 풀을 뜯는 비밀 장소, 독수리가 마음 놓고 둥지를 트는 거처, 곤충이 비를 피하는 나뭇잎 뒷면, 땅두더쥐가 숨는 굴이 모두 그곳이다. 안전하고 평화로운 나만의 작은 영역. 명상에서는 이 퀘렌시아를 '인간 내면에 있는 성소'에 비유한다. 명상 역시 자기 안에서 퀘렌시아를 발견하려는 시도이다.

— 류시화, 《새는 날아가면서 뒤돌아보지 않는다》 중에서

나는 본능적으로 퀘렌시아를 만들어 나갔던 것 같다.

아이가 어려서 시간·공간·정서적으로 분리될 수 없을 때, 나의 퀘렌시아는 '초록 식물 키우기'였다. 여위어 가던 마음을 식물을 키우면서 달랠 수 있었다. 싱그러운 새순이 돋고 꽃망울이 맺히고 꽃이 피는 과정을 보면서 마음에 새살 차오르는 것처럼 연둣빛으로 싱그러워졌다. '원예치료는 이래서 하는구나.'라고 생각하기도 했다. 그 시절 사진을 보면 내가 원하던 모습이 잘 연출되어 있다.

아이와 초록 식물, 그리고 책이 어우러진 이상적인 모습. 현재라고 부를 수 있는 시간은 4초의 순간이라는데 아마도 그 사진을 찍는 4초의 시간만큼은 마음껏 행복했으리라.

다음으로 마련한 퀘렌시아는 깊은 밤 혼자 맥주를 마시며 책 읽다가 책에서 나오는 음악 들으며 다시 책에 빠져들기였다. 또 산책하기, 등산하기, 달리기 등 아이들이 커 가면서 나의 퀘렌시아도 점점 시간과 공간을 확보해 나가기 시작했다.

지금은 이렇게 글을 쓰는 시간이 나의 퀘렌시아다. 글을 쓰는 것은 함부로 또는 다급하게 마침표를 찍어 버렸던 일에, 다시 마침표를 열고 회복해 보려는 시도다. 나의 시간, 나의 사람들을 허투루 보내지 않겠다는 어떤 태도 같은 것일 수도 있다. 그 퀘렌시아 속에서 회복한 힘으로 다시금 오늘을 사뿐히 걸어 볼 마음을 내게 된다.

우리가 영혼을 가졌다는 증거는 셀 수 없이 많다.

오늘은 그중 하나만 보여 주마.

그리고 내일 또 하나.

그렇게 하루에 하나씩.

— 심보선, 〈말들〉

그래, 내가 회복한 힘으로 사뿐한 걸음에 내 영혼을 담은 얼굴이면 되겠다. 하루에 하나씩만, 그렇게.

엄마의 문장

지금은 이렇게 글을 쓰는 시간이 나의 퀘렌시아다. 글을 쓰는 것은 함부로 또는 다급하게 마침표를 찍어 버렸던 일에, 다시 마침표를 열고 회복해 보려는 시도다.

시가 나에게
건네 준 위로

두 번째로 슬픈 사람이
첫 번째로 슬픈 사람을 생각하며 쓰는 게 시니까 말야.
– 심보선, 〈형〉 중에서

지난 시간이 모여 어느새 글 쓰는 사람이라는 정체성을 가지게 되었다. 처음에는 읽는 것이 좋아서 읽었고, 읽다 보니 마음 밖으로 밀려오는 말이 많아 받아 적었다.

시인도 아닌데 "길쌤 시집 언제 나와요?"라는 말을 들을 때면 내가 시와 아주 친한 사이란 걸 느끼게 된다. 시를 읽고, 시를 쓰는 것. 시가 없었다면 내가 온전할 수 있었을까?

처음 시를 접한 것은 초등학교 때다. 카세트테이프로 된 명작 시선집이 집에 있었는데 빨간 인조가죽 케이스를 열면 하얀색 카세트테이프가 여러 개 가지런히 박혀 있었다. 널찍한 시간에 양팔을 머리 뒤에 개고 누워 포갠 다리를 까닥까닥하면서, 카세트테이프 속 성우가 읊어 주는 시 속으로 이내 빠져들어 갔다. 음향효과는 극적이면서 예스러웠고, 성우들 목소리는 격정적이거나 비장했다고 기억한다.

파도 소리가 철썩철썩 들리면서 한껏 과장된 목소리가 흘러나왔다. "파도야, 어쩌란 말이냐."라며 유치환의 시 〈그리움〉이 끝나면, 다른 성우가 "눈이 부시게 푸르른 날은 그리운 사람을 그리워하자."라며 비장한 목소리로 서정주의 〈푸르른 날〉을 시작했다. 선명하게 기억하는 두 시구다.

파도야, 어쩌란 말이냐.

(…) 님은 물같이 까딱 않는데 파도야 어쩌란 말이냐.

- 유치환 〈그리움〉 중에서

눈이 부시게 푸르른 날은 그리운 사람을 그리워하자.

(…) 저기 저기 저, 가을 꽃 자리 초록이 지쳐 단풍 드는데

- 서정주 〈푸르른 날〉 중에서

곧 울음이 터질 듯한 성우의 목소리를 들으며 시어들 사이에 생략된 서사를 도무지 알 수 없어 골똘히 생각하곤 했다. 그리움이 뭘까? 무엇이길래 그리운 사람을 그리워하지? 신파적인 음향 사이에서 서정주의 〈푸르른 날〉을 들을 때면 '그리움'이 무엇인지 알지 못하는 아이의 마음엔 물음표가 한가득했다.

비밀스런 시의 아름다움

요즘 아이들이 영어 흘려듣기를 하듯이 자발적으로 시를 흘려듣곤 했다. 딱히 할 것 없던 시절이어서 혼자의 시간에 들리는 목소리를 따라 온갖 상상의 나래를 펼쳤던 것 같다. 그때 해결하지 못했던 관념적인 단어는 한참 지나고 나서야 경험으로 알아 갔다.

'이런 게 그리움이라는 거구나.'
'이런 게 향수라는 거구나.'
'이런 게 사모라는 거구나.'

그래서 그런지 나는 지금도 구체적으로 드러내는 글보다는 다분히 관념적이고 중의적으로 표현한 문장에 매료되는 경향이 있다. 어렸을 때 시는 다 이해할 수 없지만 근사하고, 큰 베일에 싸여 호기심을 일게 하는 대상이었다. 앞서 읽고, 한참 뒤에 아는.

앞서 읽은 시는 자꾸만 내 삶에 돌아와서 말을 걸어 왔다. 그래서 나중에 무릎을 치면서 '아~' 하는 그런 순간이 많았다. 어린아이였지만 그것이 좋았다. 착한 아이의 행동강령에 따르던 아이가 시 속에서는 내 식대로 해석하고 내 식대로 알아가고 내 식대로 의미를 완성할 수 있었다. 시가 환기구가 되어준 것이다. 그래서 여백 있는 시가 아직도 좋다. 밀어넣지 않고 독자를 위해 공간을 조금 남겨 두는 시.

어릴 때 기억을 떠올리면 흑백 무성영화를 보는 것 같다. 항상 우두커니 어딘가를 응시하던 모습이 많다. 하굣길에 분꽃을 한참 바라보던 아이, 엄마를 기다리면서 가로등 불 켜진 길에 쌩쌩 달리는 차들을 우두커니 바라보던 아이, 노는 아이들을 유심히 관찰하면서 그 아이들의 감정을 읽던 아이. 지금 생각해보면 그때도 사색을 좋아하는 어린이였다. 그런 아이가 중고등학교 때는 류시화, 천상병 시에 꽂혔다. 그 시집들을 펼치면 지금도 그 시절로 시간 여행을 갈 수 있다.

드라마 〈목욕탕집 남자들〉에서 윤여정이란 배우가 맡은 역할을 아직도 기억한다. 둘째 며느리로 나왔는데 못마땅한 상황마다 불편한 심기를 삼키는 대신, 천연덕스럽게 시 낭송을 해서 웃음을 자아내는 캐릭터였다. 삶의 불만과 불평을 시로 우아하게 표현할 수 있다니…. 일순간 매료되어 시를 암송하려고 외우기도 했다.

나는 잘 울지만 우는 얼굴 보이기는 죽기보다 싫었던 아이였다. 슬픔을 은유적으로 표현하는 시는 언제든 우는 얼굴을 몰래 닦을 수 있는 손수건 같았다.

'나는 은발 머리에 시 낭송하는 할머니가 될 거야.'
'환갑에는 내 인생을 엮은 시집을 내야지.'

습자지에 물이 슬며시 스미듯 막연한 다짐이 마음에 조용히 스며들었다.

마음의 맨살을 마주하게 하는 시

둘째가 태어날 때쯤이었다. 아흔이 넘어서 시를 쓰기 시작해 장례비로 모아둔 100만 엔으로 첫 시집을 낸 시바타 도요의 《약해지지 마》라는 시집을 접하게 되었다. 서점에서 그 시집을 발견하고 시바타 도요의 삶이 진짜 시 같다고 생각했다.

천상병 시인의 시처럼 소박한 언어로 삶을 매만지는 시바타 도요의 따뜻한 마음이 고스란히 전해졌다. 읽고 있으면 덩달아 마음에 군더더기 없이 어린이처럼 새 마음이 되는 기분을 느낄 수 있었다. 장례비로 시집을 내다니…. 그 행보만으로도 바닥에 붙은 마음을 일으켜 세우기에 충분했다.

시라는 것은 참으로 오묘해서 김경미 시인의 시구처럼 두려움과 후회의 돌들이 우두둑 깨물리곤 해도, 그깟 것마저 다 낭비해 버리고픈 멸치똥 같은 날들이어도, 생의 규칙적인 좌절에도 생선처럼 미끈하게 빠져나올 수 있게 한다. 한 모금 식후 물처럼 또 한 번의, 삶을 잘 넘어갈 수 있게 해 준다.

내 삶과 함께한, 이제는 반려가 된 시 예찬을 조금 더 해 보려 한다. 시는 비껴갈 수 없는 인생의 속성들에 부딪혀 나오는, 저마다의 사사로운 감정을 특별할 것 없이 널브러진 단어들로 이어서 '짠!' 하고 보여주는 예술 작품이다. 시가 인생을 축소한 예술 작품이라면 소소한 단어의 집합체인 내 삶도 예술 작품이 될 수 있을 것만 같다.

긴말하지 않고 다 말할 수 있는 것, 다 보여 주지 않고도 다 봤다고 느끼게 하는 것, 울지 않고 우는 법을 배우는 것, 넘어지는 순간에도 우아하게 얼굴을 지켜 내는 것, 백 마디 위로의 말을 듣는 대신 한 줄의 시에 기대어 쉴 수 있는 것, 허기질 때 마음 부르게 먹을 수 있는 것, 사라지고 싶을 때 사라지지 않고 버티게 하는 것, 책 한 권에 맞먹는 시 한 편의 울림은 '가심비 갑'이라는 것, 억울하고 동의할 수 없는 일 앞에서 우는 대신 목욕탕집 둘째 며느리처럼 무심한 표정의 한 줄 시로 어퍼컷을 날릴 수 있는 것, 밀려 오는 상황에 지지 않고 유유히 힘낼 수 있는 것, 무색무취의 나를 일순간 향기롭게 하는 것!

시가 좋은 순간은 셀 수 없이 많고 앞으로 얼마나 더 많을지 알 수 없다. 이렇게 시는 나에게 점점 인생의 반려가 되어 간다. 시와 마음의 맨살을 대고 있는 것처럼 나는, 시와 사이가 참 좋다.

엄마의 문장

억울하고 동의할 수 없는 일 앞에서 우는 대신 목욕탕집 둘째 며느리처럼 무심한 표정의 한 줄 시로 어퍼컷을 날릴 수 있는 것.

4장

글을 쓰며
내면이 깊어지다

"픽션을 쓰려면 자기만의 방이 있어야 한다" - 버지니아 울프

좋은 엄마라는
프레임을 깨다

생각의 감옥에서 탈출하여 자유를 만끽해 보아요.
– 착한재벌샘정,《꿈틀꿈틀, 오늘도 자유형으로 살아갑니다》중에서

'직장도 그만두고 아이 키우는데 잘 키워야지!'

첫째를 낳은 뒤 직장으로 돌아가지 않기로 하고 두 주먹 불끈 쥐며 멋진 엄마 되겠다고 다짐했다. 낯선 곳에서 홀로 아이를 키우다 보니 마땅히 만날 사람도 없었고 육아에 대해 아는 것도 없었다. 젖먹이를 키우며 밤에도 긴 잠을 자지 못하고 수시로 깨야 하는 상황이라 생활 리듬이 깨지다 보니 '생존 육아' 그 자체였다.

우선 살아남는 것이 문제였다. 어느 정도 적응하면서 좋은 엄마

가 되기 위해 부단히 애썼던 것 같다. 100일부터 아이의 오감 발달을 위해 문화센터를 다녔다. 그리고 지옥철을 뚫고서 강남까지 주 2회 아기 수영을 하러 다니는 '열혈 맘'으로 거듭나기 시작했다.

그러던 어느 날, 첫째 아이를 유모차에 태워 산책하다가 유명 전집시장의 영업 사원을 운명적으로 만나면서 유아 독서 시장에 처음 발을 들여놓았다. 영업 사원은 희한하게 나의 가려운 부분을 어떻게 알고 긁어 주며 초보 엄마의 욕망에 불을 지폈다.

그래, 책 좋아하는 아이로 만들어서 누구보다 똑똑한 아이로 키워보리라. 그때는 자주 두 주먹을 불끈 쥐었다. 며칠 뒤 백만 원도 넘는 전집이 사은품으로 받은 책장에 가지런히 꽂히게 되었다. 그 당시엔 책으로 하는 육아가 주류였다. 게다가 영어로 된 책을 읽는 것만으로 아이가 영어를 쌀라쌀라 말하게 된다는 비법을 블로그에서 본 뒤로, 첫째는 영어책까지 봐야 했다.

2008년은 육아 블로그의 전성기였던 것 같다. 블로그를 통해서 새로운 육아용품이나 새로운 전집을 보면 의욕이 활활 타올라서 모조리 구매했다. 외로웠을 때라 택배를 기다리고 택배를 열어 볼 때면 선물 풀어 보는 아이처럼 설레었다.

가끔 엄마가 된 지 얼마 안 된 이웃집 현관문 앞에 소복이 쌓인 택배 박스를 보면 옛 생각에 웃음이 나기도 한다. 처음 엄마가 된 사람들의 마음은 비슷한가 보다.

꼭 해야만 한다는 부담감

늘 같은 시간에 자고, 일정한 시간에 일어나기, 낮잠 시간 엄수, 영어 흘려 듣기, 책은 공기처럼 장난감처럼 읽기, 목욕 후에는 오일로 베이비 마사지, 문화센터 순방…. 그때의 기쁨은 오로지 내가 짠 육아 계획대로 잘 수행하며 뿌듯함을 느끼는 일이었다. 외로워서 틀던 텔레비전도 아이가 깬 시간에는 절대 보지 않았다.

아이가 내 예상대로 움직여 주지 않으면 육아 고수가 운영하는 블로그에 문의하기도 했다.

'아이가 무당벌레를 좋아해서 무당벌레 책을 여러 권 샀는데, 잘 안 봐요. 어쩌죠?'

지금 생각하면 밥 먹다가 밥알 뿜을 정도로 웃긴 모습이다. 그 정도로 육아에 열심이었기 때문에 아이가 잘 때 허락되는 혼자만의 시간이 나를 살게 했다. 아이가 잘 시간에 잠을 자지 않으면 스트레스 농도가 최고치로 오르기 일쑤였다. '아이를 사랑한다면 해야만 해.'라며 계획대로만 움직이려니 나도 지쳐갔던 것이다. 뭐든 자연스러워야 하는데, 모든 것을 미리 계획하고 통제하려 했으니 아이도 얼마나 힘들었을까.

지금 생각해 보면 아이에게 얼마나 미안한지 모른다. 그때는 엄마가 아니고 '엄마봇'이었다. 있는 모습 그대로 아이를 사랑하고 아이의 리듬에 맞춰야 했는데 그러지 못했다. 나 역시 미칠 것 같은 마음이었지만 아이 앞에서는 상냥하게 웃는 모습을 유지하기 위해 노력했다.

그 당시에는 엄마가 아이에게 무엇을 해 줘야만 하는 사람이라고 생각했다. 아이는 온전한 존재가 아니니 엄마가 이끌어야 잘 큰다고 철석 같이 믿었다. 하지만 기질적으로 예민한 아이는 내 일방적인 시나리오대로 움직여 주지 않았다. 늘 예상 밖의 것을 요구했다. '이 아이는 왜 내게 없는 것을 자꾸만 달라고 할까?', '나는 뭔가 부족한 사람인가?' 하며 마음을 몰라 주는 아이가 한없이 원망스러웠다. 나는 나대로 엄마로서 모자라는 사람이라며 자책했다.

예상치 못한 아이의 반응과 나의 불편한 감정을 들여다보면서 조금씩 아이와 나에 대한 공부를 시작했다. 얼마 지나지 않아 알게 되었다. 바쁜 부모님과 살뜰하게 보낸 유년이 없었기에 어떻게 사랑을 베풀어야 하는지 알 수 없었다는 것을. 그래서 잔뜩 긴장하고 있었고, 아이와의 시간을 숙제처럼 느꼈다는 사실을.

육아는 힘 빼기 기술이 필요하다

나에게 육아는 무엇을 어떻게 그려야 할지 몰라 한참을 쩔쩔매던 어릴 때의 공상과학 그림 그리기 대회 같았다. 아이와 보내야 할 시간이 그저 막막하기만 했다.

결국 내게 없는 것은 줄 수도 없는 것이 당연했다. 그저 그 시간을 채워야 한다는 생각으로 남의 것을 잔뜩 가져와 이상적인 모습이라 여기며 따라 했던 것이다. 그러면서도 틀 밖으로 삐죽삐죽 튀어나오는 감정과 불편함을 꺾어 넣으며 이상적인 엄마의 모습을 연출했다.

다행히 둘째가 태어나면서 그 감옥에서는 탈출하게 되었다. 태어나자마자 병원을 자주 드나들었던 둘째 덕분에 건강한 첫째가 존재 자체로 고마웠다. 당연하다고 생각했던 것들이 결코 당연하지 않음을 그제야 알게 되었다. 너무 많은 결심은 오히려 독이 된다는 것을, 모든 면에서 힘을 뺄 필요가 있음을 알게 되었다.

첫째 아이가 여섯 살 무렵 수학 문제로 실랑이를 벌이던 때였다.

"안 어려워. 풀어 봐. 왜 이 쉬운 문제를 못 풀어?"
"엄마가 나도 아닌데 어떻게 내 마음을 알아? 내가 어려우면 어려운 거지, 엄마가 나도 아닌데 왜 안 어렵다고 하는 거야! 엄마가 나야? 어떻게 알아!"

다그치는 나에게 아이는 울면서 일침을 놓았다. 아이에게 미안하다고 말하며 안아줬던 기억이 난다. 또 동시에 안도했다. 이렇게 똑 부러지게 자기 생각을 이야기한다면 수학 문제가 대수일까. 아직도 아이의 저 말은 정신을 번쩍 들게 한다. 나는 누구도 될 수 없고, 누구도 내가 될 수 없다. 설령 내 속에서 나온 자식일지라도.

오랜 시간 나는 남들이 나에게 요구한 대로 살아왔고 내 아이에게 똑같이 요구했다. 직장도 그만두고 노는 존재로 보이기 싫어서 아이만큼은 잘 키웠다는 소리를 들으며 바닥난 내 가치를 증명하려 했다. 하지만 아이를 기른다는 것은 아이의 온전함을, 그리고 나의 불완전함을 받아들이는 과정인지도 모르겠다.

아이는 엄마의 스승이다

아이는 스승이라는 생각을 자주 한다. 아이를 키우며 나도 크고 있기에. 내 안에서 나온 눈앞의 아이를 사랑하기 위해 나를 먼저 사랑해야 함을 알게 되었고, 그러기 위해 나의 상처와 결핍을 들여다보게 되었다. 아이를 보며 유독 불편하고 화가 치미는 상황이 생길 때면 못마땅하고 억울했던 어린 날을 더듬어 보며 그때 엄마의 삶까지 이해할 수 있었다. 물론 지금도 여전히 아이와 부딪히고 깨지고 화해하며 그 자리를 보듬고 넘어가는 시간의 무한 반복이다.

지난밤에도 딸과 나는 씩씩대며 방에 스위치 끄는 마음으로 하루를 껐다. 사춘기 딸은 자기가 아는 세상이 다라 생각하며 어른처럼 달려들었고, 나는 내가 어른이라며 아이처럼 달려들었다.

그 시간에서 벗어나면 비로소 마음을 펼쳐 놓고 먼 시야로 생각하게 된다. 결국 미리 염려하는 마음을 내려놓기로 했다. 아이가 겪고 넘어가야 할 일이라면 본인이 직접 경험할 기회를 주기로 다짐했다. 아이가 경험하는 과정을 믿음으로 지켜볼 수 있는 기회를 나에게도 주기로 했다. 그러면서 생각한다. '저 녀석 살면서 죽어도 자기가 동의하지 않는 일은 하지 않고 살겠구나.'라고. 계속 저 마음 하나는 잃지 않고 살면 좋겠다고.

엄마의 문장

나는 누구도 될 수 없고, 누구도 내가 될 수 없다. 설령 내 속에서 나온 자식일지라도.

있는 그대로의 나를
받아들이는 기쁨

용기를 내서 어둠 속으로 걸어 들어가야만 영원히 꺼
지지 않는 빛의 힘을 찾을 수 있어.
– 브레네 브라운, 《나는 불완전한 나를 사랑한다》 중에서

봄이 오고 있다. 햇살이 뺨에 닿는 감촉이 한결 부드러운 것을 보
니 봄이 느껴진다. 겨울의 햇살과는 좀 다르게 더 가볍고 말갛고 싱
그러운 느낌이다. 다가올 봄도 꽃망울 터지고 여기저기 소란스러
운 감탄이 들려올 것이다.

아름다운 벚꽃 길을 걸을 때면 나는 자주 우울해졌다. 활짝 핀 꽃
사이에서 나는 준비되지 않았는데 저들만 저리 피어 있는 것 같아
소외되는 느낌이 들곤 했다. 세상이 나와 무관하게 돌아가고 있다
는 것을 눈앞에서 펼쳐서 보이는 것 같았다.

차라리 가을에 우울하면 계절이 그래서라고 말할 수 있다. 조금 가라앉아도 떨어지는 낙엽을 보며 가을이라 그렇다며 핑계를 댈 수 있다. 가을이 되면 나와 자연이 호응하고 있다는 일체감을 준다. 낙엽을 밟을 때 풍기는 냄새와 약간 눅눅해진 나뭇잎을 보면 마음 놓고 눅눅해져도 될 것 같은 생각이 든다. 신발에 묻어서 집까지 따라 들어온 낙엽 또한 근사한 일처럼 느껴진다.

어떤 향기를 맡으면 기억에도 없던 일이 소환되기도 한다. 맥락 없이, 뜬금없는 타이밍에 잊힌 시간이 떠오른다. 봄이 되면 생애 최초로 저장한 봄의 기분이 그대로 살아난다. 추억에는 언제나 경련을 일으키는 세부 사항이 있다고 아니 에르노가 말했던가. 나 또한 그렇다.

엄마 말 잘 듣는 착한 어린이 콤플렉스

아주 오래된 기억이다. 주말이었다. 친구네 가족과 엄마와 동생과 함께 꽃놀이를 하러 갔는데 아직도 웃음소리가 들리는 것 같다. 선명하게 이질적인 느낌이어서 더 뇌리에 박혀 있다. 엄마들은 쑥을 캐고 아이들은 뛰놀던, 분홍 진달래꽃이 흐드러지게 핀 산 중턱이었다.

꼬마였던 나는 월요일에 나올 성적 통지표가 걱정되어서 혼자 안절부절못했다. 그때 엄마는 젊었고 교육열이 대단했다. 내려가는 점수만큼 종아리를 맞았는데, 성적 통지표가 나오는 날은 매타작하는 날이기에 미리 겁이 나서 그 시간을 즐길 수가 없었다.

표정을 드러내는 아이가 아니었으니 아무도 눈치채지 못했으리라. 그해 봄에 묻어 둔 마음은 세월에 점점 지워지고 희미해졌지만 그때의 음울한 느낌이 봄이란 계절 저변에 자욱하게 드리워질 때가 많다.

어릴 때부터 빨리 나이를 먹으면 좋겠다고 생각했다. 늙으면 애써 기운 내지 않고 활발하지 않아도 아무도 뭐라고 할 수 없으니까. 에너지 레벨이 높지 않았던 나는 얼른 늙고 싶었다. 아마도 내성적인 기질을 부정당하며 커서 그런 것이리라. 특히나 외향적인 아이가 엄마들의 로망이던 시절이었으니까.

어릴 때부터 활발하고 공부도 잘하는 동생과 비교되면서 나는 조용히 가구처럼 있곤 했다. '이 아이는 인사를 잘 못 해요.', '부끄러움이 많아요.'라는 말을 종종 들었다. 무엇보다 왜 밖에 나가 놀지 않고 집에만 있냐는 말을 들을 때마다 나는 늘 세상과 어울리지 못 하고 어딘가 부족한 존재가 된 것 같았다.

부단히 노력해서 많이 깨고 나왔지만 유독 봄만 되면 활짝 핀 꽃들 사이에 인사도 제대로 못 하던 그때 그 시절의 마음이 찾아온다.

이제는 안다. 내가 채워야 할 에너지를 채우지 못하는 것이 아니라 조용히 사색하는 것을 즐기고 감각이 섬세한 사람이란 것을. 외향적이어야 한다는 편견 때문에 스스로 뭔가 부족한 사람으로 인식하고 있었다는 것을.

아무튼 나는 활발해지려고 무척 애를 썼다. 노력한다고 다 되는 것은 아니지만 노력하다 보니 나에게 유머 감각이 있다는 것도 알게 되었다. 쉬는 시간마다 재미있다고 나를 찾아오는 친구까지 생겼으니 말이다. 모범생과 좀 노는 아이들 중간에서 자유롭게 왔다 갔다 하면서 관계의 폭을 넓힐 수 있었다. 하지만 친구들 사이 교집합 같은 존재로 있으면서도 정작 나는 외롭고 고단했던 것 같다. 힘내서 친하게 지내고서는 틈만 나면 혼자 있길 바랐다. 가끔 스스로 연기에 능한 사람이라고도 생각했다. 삶의 부분마다 이방인으로 살면서 안 그런 척 연기를 하는.

취약하니까 어른이다

브레네 브라운의 《나는 불완전한 나를 사랑한다》를 읽으며 있는 그대로 나 자신을 받아들이는 일에 도움을 받을 수 있었다. 오랫동안 관계에 있어서 나 자신이 카멜레온 같다고 생각했는데 그 단어가 그대로 책에 나와서 깜짝 놀랐다. 그렇게 변신할 때마다 사회적 기술에 능하다고 느끼기보다는 나를 잃어 가는 느낌이 든 이유에 대해 알 수 있었다.

> 많은 사람이 '어울리기'와 '속하기'를 구분 없이 사용한다. 대부분 그러하듯 나도 '어울리기'를 잘한다. 우리는 남에게 인정과 동의를 얻어내는 방법을 잘 안다. 무슨 옷을 입을지, 무엇에 대해 이야기할지, 어떻게 기분을 맞춰주어야 할지, 무슨 이야기를 하지 말아야 할지 정확히 안다. 카멜레온처럼 주위와 똑같이 변하기만 하면 된다. 이 연구를 하면서 알게 된 가장 놀라운 사실은 '어울리기'와 '속하기'가 같지 않을뿐더러 오히려 어울리려는 노력이 진정으로 속하는 것을 방해한다는 사실이다. '어울리기' 위해서는 상황을 평가하고 주위 사람들에게 받아들여지도록 자신을 바꿔야 한다. 반면에 '속하기' 위해서는 지금 자신의 모습을 바꾸지 않아도 된다. 그저 지금 그대로의 모습으로도 충분하다.
>
> – 브레네 브라운, 《나는 불완전한 나를 사랑한다》 중에서

그렇다. 나는 오랜 시간 남들이 바라는 모습에 맞추기 위해, 자기 가치감을 증명하기 위해, 애쓰며 살았다. 좀 더 쾌활해진다면, 좀

더 공부를 잘한다면, 좀 더 좋은 엄마로 보인다면 가치 있는 사람이 된다고 여겼다. 하지만 정말 중요한 것은 있는 그대로의 내 모습을 받아들이는 일이었다. 내가 '어울리기' 위해 한 행동이 진정한 관계를 방해하고 있었다.

진정한 관계를 맺고 깊은 유대감을 느끼기 위해서는 나의 취약한 점을 드러내는 용기가 필요하다. 약한 부분을 드러내면서 진심이 닿았을 때 서로 공명하던 순간들을 떠올려 본다. 있는 그대로의 자신을 드러내기 위해서 우선 나 자신을 있는 그대로 인정하고 받아들여 본다.

어떠한 모습도 괜찮다

어른이 된다는 것은 취약함을 인정하는 과정이고, 살아 있는 한 우리는 취약할 수밖에 없다는 매들린 탱글의 말이 큰 위안이 된다. 어른이 되었지만 완전하지 않아도 된다는 말, 나의 취약성을 감추기 위해 불완전함을 덮기 위해 얼마나 긴장하고 애쓰며 지냈던가. 그 문장에 오랫동안 마음을 옥죄던 쇠사슬이 풀리는 느낌이었다.

다가오는 봄에는 조금 다르지 않을까? 꽃은 늘 나와 무관하게 핀다는 냉소적인 시선은 바깥에서 주입해 온 렌즈로 나를 바라보았기 때문이다. 내가 나를 필 수 없는 존재라 여겼기 때문이고, 내가 나를 소외시키고 있었기 때문이다. 비록 같은 절기에 피지 않을지언정 나의 모습 그대로 필 수 있는 사람이라는 것을 이제는 안다.

자신에 대해 솔직하게 이야기하고 나를 사랑하는 용기를 내고 있으므로, 온 마음을 다하는 삶을 살기로 했으므로, 어두운 시간 속으로 뚜벅뚜벅 걸어가 웅크리고 있던 아이에게 빛을 비추어 바깥으로 드러낼 용기를 냈으므로 말이다.

엄마의 문장

어른이 된다는 것은 취약함을 인정하는 과정이고, 살아 있는 한 우리는 취약할 수밖에 없다는 매들린 탱글의 말이 큰 위안이 된다.

나만의 무풍지대를
거니는 글쓰기

고통의 한복판에 아무리 심한 고통도 와 닿지 않는 무
풍지대가 있어.
　　　　　－ 전혜린,《그리고 아무말도 하지 않았다》중에서

　새벽에 일어나 커피를 내려서 빈 종이 앞에 앉는다. 문득, 글을
쓴다는 것은 새벽 시간을 달여서 마시는 일인지도 모르겠다고 생
각한다. 글 쓰는 시간이 늘면서 내 생활 구간에 깊게 접속하게 된
다. 언제부터인가 온종일 묘사와 서사를 발견하려 애쓰고 있는 나
를 발견한다. 길을 가면서 무심코 보는 것들도 중요한 만남이 된다.
눈에 들어 마음이 멈춘 것은 나의 언어로 바뀌어 몇 줄의 문장으로
옮겨진다.
　평소 의미 부여하는 일을 즐기는 나는 이 과정이 꽤 즐겁다. 글을

쓰고 기록하기, 문득 떠오르는 영감을 부여잡고 시 쓰기, 보이는 것 이면에 드러나지 않았던 서사 발견하기, 달리면서 내가 뛰고 있다는 사실을 잊어버리고 다른 생각에 잠겨 보기, 어느 순간 떠오르는 단어들이 나에게 찰싹 붙어 올 때의 기쁨. 이 모든 것은 무한하게 존재하고 무한대로 퍼 쓸 수 있고 심지어 공짜로 즐길 수 있다.

이 즐거움을 좋은 사람들과 공유하고 싶지만 그저 '저런 사람도 있구나.' 하며 나를 보는 것만이라도 즐겨주니 충분히 고마운 일이다. 어떤 면에서는 공유되지 않는 기쁨이 있다는 것이 숨 막히는 일상의 틈바구니에서 나만의 산소통을 지니고 있는 것처럼 든든하다.

세상은 느끼는 자의 것

일상은 나의 의중과 상관없이 친절하지 않은 서사가 펼쳐지기 일 쑤다. 글쓰기는 그 서사 위에서 유유히 파도를 타겠다는 의지를 다지게 한다. 나를 덮쳐 오는 것에 압도당하지 않고 그 파도를 타다가 꼬꾸라지더라도 다시 일어나 나만의 줄거리로 만드는 것이다.

펜은 전장에 가져가는 무기처럼 일상의 전쟁에서 내 고유성을 지켜 주는 무기다. 가끔 닉네임으로 불리는 '길 작가님'이란 말, 시집 안 내냐고 물어 주는 말들은 내가 앞으로 항해해서 갈 방향을 알려 주는 표지라고 생각한다. 작가란 이름표가 없어도 시인이라는 이름표가 없어도 이미 작가처럼 살고 있으니. 세상은 느끼는 자의 것이 아니던가.

> 내 생각으로는 행복은 우리가 언제나 생기를 지니는 데에, 언제나 마치 광인이 고정 관념에 사로잡혀 있듯 무슨 일에 몰두하고 있는 가운데 있는 것 같애. 잘 생각해 보면 몹시 불행할 때도 한편으로는 매우 행복했던 것 같애. 고통의 한복판에 아무리 심한 고통도 와 닿지 않는 무풍지대가 있어. 그리고 그곳에는 일종의 기쁨이, 아니 승리에 넘친 긍정이 도사리고 있어.
>
> **- 전혜린, 《그리고 아무 말도 하지 않았다》 중에서**

20대에 전혜린의 글에 매료되어 누구보다 뜨겁게 열정을 가지고 살아가리라 다짐했었다. 생에 몸을 맡기고 성실 없는 행복감은 있을 수 없다고 말하는 힘센 말에 압도되었고, 지금까지 나의 의식 저변에 존재하고 있다. 20대부터 쭉 나에게 하던 질문, 고통의 한복판에 아무리 심한 고통도 와닿지 않는 나만의 무풍지대란 무엇일까? 오랜 시간, 이 질문의 답을 찾고 있었다.

마음속에 질문을 심어 두면 언젠가는 싹을 틔우게 된다. 책을 쓰기 위해 글을 쓰다 보니 '이거야, 이거.'라는 생각이 들었다. 많은 시간을 흘려보내고서야 나만의 무풍지대를 만날 수 있었다.

약 20년 만에 그때 당시의 노트를 펼쳐 읽으니 이렇게 적혀 있다.

그녀의 삶은 열정 그 자체다. 나른한 일상은 존재할 수가 없다. 그녀의 강력한 필력에 나의 무지함을 느끼며 느슨한 일상에 박차를 가한다. 사랑과 고독의 메커니즘을 이토록 지적으로 설명하는 그녀의 지성에 감탄할 뿐이다. 어떤 고통도 침범할 수 없는 나의 무풍지대는 어디에 있는 걸까? 무엇일까?

이처럼 20대의 나는 전혜린의 문장으로 나의 의식 세포를 가득 채웠다. 나의 삶이 나로 인해 닳아 없어질 정도로 삶과 하나가 되기 위해 열정적으로 살았다.

무풍지대를 찾기 위한 길

출근 전에는 새벽 운동과 독서로, 퇴근 후에는 헛되이 보내기 싫어 공예나 스텐실 같은 것을 배우기도 하고 라틴댄스, 인디댄스, 힙합처럼 나를 깨는 활동에 도전하기도 했다. 물론 퇴근 후 노동의 피로를 풀겠다며 열정적으로 술 마시던 날도 무수히 많았다. 그럼에도 술 냄새 풍기면서 하얀 미사 수건을 쓰고 새벽 미사를 보곤 했다. 나의 삶에 성실함과 열정이 깃들도록 전혜린의 문장 같은 날을 살았다. 홀로 읽고, 기록하고, 도전하며.

그동안 내가 걸어온 모든 길이 나만의 무풍지대를 찾기 위한 과정이 아니었을까. 마흔이 넘어서 마주한 20대 노트의 뒷부분을 비로소 적어 내려갈 수 있게 되었다. 방황했던 시간마저 고맙다.

마흔이 넘은 나의 노트에는 어떤 질문을 심을까? 호수에 돌멩이 하나 던진 것처럼 나의 마음에 조용한 동심원이 그려진다. 반가운 손님이 올 것 같아 집 단장하며 기다리는 마음을 담아 주단을 깔듯 조용히 노트에 놓아 본다. 이 새벽 조용한 기쁨이 까치발을 하고 살금살금 내게 온다. 이내 마음이 달그락달그락 소란스러워진다.

밝아오는 아침과 함께 시작되는 나의 일상에서도 고유한 나로 존재하길. 유유히 유영하는 하루를 보내길. 무풍지대를 거닐며.

엄마의 문장

마흔이 넘어서 마주한 20대 노트의 뒷부분을 비로소 적어 내려갈 수 있게 되었다. 방황했던 시간마저 고맙다.

마흔,
마음의 평수를 넓혀야 할 때

다른 사람의 기대에 맞추지 못하는 것보다 본래의 나
로 존재하지 않는 것이 더 치명적이다.

– 류시화, 《시로 납치하다》 중에서

책을 내겠다고 써 놓은 글을 보니 구체적 경험은 녹아 있지 않고
구천을 떠도는 영혼 같다. 삶에 겉도는 추상적인 언어의 행렬을 보
고 있다. 나의 글이 뼛속까지 내려가지 못한 것일까? 드러낼 용기
가 없는 것일까? 되물으며 점점 몰아세우고 있다.

무슨 말이 하고 싶니? 쓰는 행위로 다른 이와 나를 구분 짓기 위
함일까, 특별히 내세울 것 없는 지나가는 사람 A와 B처럼 살던 내
가 주인공으로 캐스팅되기를 열망하는 마음인 걸까?

끊임없이 달라붙는 질문 속에서 나의 두려움과 마주한다. 나를

어디까지 내놓을 것인지 혼자 저울질하고 있었다. 글을 쓰기 시작하면서부터 방치했던 지난날의 나를 돌보며 지금의 나를 선명하게 느낄 수 있게 되었다. 나풀나풀 나부끼던 나란 존재가 이제 바람에도 조금씩 아랑곳하지 않으면서 글쓰기의 효용에 도취되었다.

내 삶의 많은 부분을 긍정하면서 책을 쓰기로 결심했다. 그런데 막상 책을 쓰려니 두루뭉술했던 나의 사유가 더 정교해져야 한다고 나를 깊이 인식해야 한다고, 구석으로 몰아넣고 답을 조르고 있다. 실체를 만져서 아는 것처럼 깊이 내려가야 한다.

낯설다. 이 생경함 속에서 나는 어디까지 내려가서 무엇을 말하고 싶은 것일까?

이방인이 날리는 어퍼컷

어쩌면, 책을 쓰려는 마음 안에 내가 그동안 글쓰기를 옹호하던 메시지와는 다른 불순함이 있다는 사실을 까발리고 싶지 않은 것일까? "그저 누군가에게 도움이 되고 싶어서요."라고 말하기엔 짝퉁 가방을 멘 것처럼 불편하다. 그렇다. 실은 책을 써서 나를 이방인으로 만든 사람들 앞에 당당히 서고 싶은 것일지도 모른다.

고유한 삶의 방식을 존중 받지 못했던 일에 대해, 자신만 옳다고 말하는 이들에게 시원한 어퍼컷 한 방을 날리고 싶다는 욕망이, 숨

기려 했지만 자꾸만 고개를 내밀며 나를 자극한다. 가장 나다운 방식으로 할 수 있는 한 방, 책 쓰기라고 생각했던 것이다.

"부동산 투자 안 하면 죄악이야."라고 나를 몰아세우던 사람 앞에서 고고한 척 아무렇지 않은 척했지만, 돈으로 만든 깁스를 목에 두르고 눈을 부라리며 말하던 얼굴과 그 순간의 모멸감을 잊을 수 없다. 언제라도 되돌려주고 싶었다. "품격을 갖추지 않는 것은 죄악이야."라고.

능력 있는 남편에, 물려받은 유산에 담보대출 두둑이 받아 투자해서 배로 불리던 모습이 부러웠고 축배의 순간을 진심으로 함께했다. 그런데 얼마 지나지 않아 다른 삶을 살려면 만나는 사람도 바꿔야 한다며 떠나갔다.

집 한 채 없는 사람과 사돈이라도 맺으면 어쩌냐 말하고 아이의 친구 관계까지 정리하는 모습을 보며, 여태껏 한집에 사는 남편보다 더 많은 시간을 같이 보내는 동안 저 모습을 어떻게 숨기고 있었을까 경악했다. 그의 기준에 없이 사는 사람인 나와 부유해진 자신을 구분 지으며 그 사람은 그렇게 떠나갔다.

여러 날 잠을 자지 못했다. 종이 위에 차마 옮기지 못한 무례함을 그냥 술 마시며 상처만 받고 넘기기엔 이상하게 억울했다. 그날의 밤을 기억한다. 커피 대신 홍삼차를 마시고 밤을 새워 책을 읽었다. 새벽이 밝아오자마자 목욕탕에 가서 세상에서 제일 꼿꼿한 자세로 반신욕을 하면서 결심했다. 내가 생각하는 가장 우아한 모습을 혼신의 힘으로 연기하면서.

부동산 종말론자 남편을 설득할 힘도, 유산을 두둑이 줄 부모님도, 종잣돈도 없지만 나의 가치를 높여 몸값만은 올리겠다고. 내 마음의 평수를 넓히고 평당 단가를 올리겠다고, 내 안에 수많은 집을 짓겠다고 결심했다. 이상하게 그 순간 이후로 술 한잔과 함께하던 불행 타령을 멈추게 되었다. 좌절하고 상처에 머물러 있기엔 마흔이라는 나이가 마지노선이라고 생각했던 것 같다. 이후에도 계속 이런 모멸감을 느끼게 된다면 그것은 내 책임이라고 자신에게 단단히 일러두었다.

한참이 지난 뒤에야 알게 되었다. 돈 때문에 사람이 변하지는 않는다는 것을. 돈은 다른 사람의 욕구에서 벗어날 수 있게 해준다는 것을. 그리고 돈은 내가 자유로워질 수 있는 수단, 행복을 지켜주는 수단이니 무시해서는 안 된다는 것을.

생채기 난 마음의 치료제, 글쓰기

그랬다. 사실 그 사건은 내가 꾹꾹 참던 결핍감과 불만족을 터뜨리게 하는 기폭제가 되었다. 어쩌면 신이 나를 벼랑 끝으로 밀어버린 사건인지도 모르겠다. 좀처럼 결심만 하고 움직이지 않던 내가 날 수 있다는 것을 알게 하기 위해서….

그 뒤로 나는 더욱더 성실하고 나은 삶을 살기 위해 노력했다. 다양한 독서 모임에 나가서 새로운 사람들을 만나고 새로운 생각들을 받아들이려고 끊임없이 애썼다. 내 안에 고여 있던 생각들을 떨치며 삶의 순간마다 덜 흔들리게 되었다. 나의 고유한 삶을 스스로 지지하고 나와 닮은 길로 접어들 때부터 불완전함을 조금이나마 받아들일 수 있었다.

지금 이 글을 쓰기 위해 철저히 혼자 생각하며 보냈다. 이 짧은 글을 쓰며 4시간이 넘는 시간을 씨름하면서 내 마음의 중심부에 닿으려 노력했다. 달리기와 마찬가지로 글쓰기도 나에게 가장 성실한 시간이다. 이 시간을 통해 내가 숨 쉴 수 있는 여백을 마련하고 그 여백에 나와 타인을 초대해 화해하지 못했던 것들의 매듭을 풀 수 있다면, 나와 타인에게 좀 더 너그러운 사람이 된다면, 그런 마음이 오롯이 담긴다면 이기적인 욕망으로 시작한 나의 두 번째 삶이 좀 더 이타적인 삶으로 거듭날 수도 있겠다고 생각해 본다.

한 줄의 문장 속에 많은 시간을 줄여 넣으며 그동안 삼킨 생각들을 풀어내려 애썼다. 긴 시간 나를 담을 문장을 쓰고 지우고 반복하면서 생채기 났던 마음도 어루만질 수 있었다. 어쩌면 나에게 상처가 되었던 사람들 또한 그럴 수밖에 없었던 그들만의 삶의 맥락이 있음을 조금이나마 이해해 보려 애썼다. 그러자 상처로부터 자유로워질 수 있었다.

집문서 대신 마음의 땅문서, 책

마흔, 누군가는 집문서를 가질 때 나는 내 마음에 솟는 땅문서인 책을 내려 한다. 그렇다. 누군가 집문서를 하나씩 늘릴 때 나는 책을 쓰며 내 안에 여러 채의 집을 짓겠다고 마음먹었다. 내 고유한 삶을 존중하고 지지하고 싶다는 다짐으로 쓰기 시작했다. 누군가에게 이방인일지라도 나 자신에게만은 이방인이 되지 않기 위해서….

다른 사람의 기대에 맞추지 못하는 것보다 본래의 나로 존재하지 않는 것이 더 치명적이다. 나에게 필요한 일은 꽃봉오리에게 하듯이 "나는 사랑스러워!" 하고 스스로에게 말하는 일이다. 그리고 다른 사람들의 봉오리를 발견하는 일이다. 자신에 대한 축복은 모든 축복의 근원이다.

– 류시화, 《시로 납치하다》 중에서

글쓰기는 삶을 축복하는 의식과 같다. 그 축복을 통해 나의 꽃봉오리가 나의 서사를 안고 책이라는 꽃으로 피어날 수 있기를 바란다. 그리고 나의 축복이 흘러서 타인을 축복하는 일이 되길 기대하며, 소박한 마음을 행간에 놓아 본다.

엄마의 문장

누군가 집문서를 하나씩 늘릴 때 나는 책을 쓰며 내 안에 여러 채의 집을 짓겠다고 마음먹었다. 내 고유한 삶을 나만은 존중하고 지지하고 싶다는 다짐으로 쓰기 시작했다.

여자인 나,
읽고 쓰다

> 어쩌면 우리는 새로 태어날지도 모르니까. 적절한 시
> 간, 적절한 장소에서.
>
> — 올가 토카르추크, 《방랑자들》 중에서

"아무리 생각해도 나 이러려고 세상에 온 게 아니야."

"당신도 생각해 봐. 나도 직장이 있었고 아이 키우느라 집에 있는
건데, 당신 삶에 무임승차한 것처럼 나를 대하는 태도는 너무 한 거
아니야?"

"나는 누구 뒷바라지하려고 태어났을까?"

"내가 당신 딸이라고 생각해 봐. 아니 그냥 관찰카메라로 한 사람
을 본다고 생각해 봐."

남편과 대화하다 결국 터져 나온 말들이다. 결혼과 동시에 수십 억 개의 세포로 이루어져 있던 나란 사람이 단세포 동물로 변이되는 경험을 했다. 마치 이전엔 어떤 역사도 없던 사람처럼 불모지에 뿌리내리고 살아야 하는 느낌이었다. 그런데 문제의식조차 없이 엄마가 그랬듯 으레 그래야 하는 것으로 여기고 받아들이고 살았다. 하지만 나날이 시드는 나를 느끼면서 의문이 생기기 시작했다.

도대체 이 상황을 어떻게 설명하고 납득해야 할까? 한 사람이 세상에 오는 것은 훨씬 더 고귀하고 가치가 있지 않을까? 멈출 수 없는 질문으로 잠을 자도 깨어 있는 날이 많았다. 내가 이 세상에 온 이유가 있을 거라고 생각했다. 이대로 아이를 키우면서 어느 집안에 종속되어 일하는 사람으로 살기에는 남의 옷을 입은 것처럼 불편하기 짝이 없었다.

상황만 되면 그 옷을 훌렁훌렁 벗어던지고 싶은 충동이 일었다. 그러다가도 겨자씨 같은 행복이 생기면 적절히 타협하면서 살았다. 대체로 나만 조용하면 아무 문제도 없는 상황이었다. 하지만 또 다시, '누구에게 아무 문제가 없다는 것일까? 내 삶은 주체는 나인데, 내가 문제가 있는데 대체 누구에게 문제가 없어야 하는가?' 하며 질문이 맴돌았다. 나는 누군가의 퍼즐 속 한 조각인지, 과연 체스판 위의 말일 뿐인지 처음으로 근원적인 질문과 대면했다.

여자의 방, 나만의 방

버지니아 울프는 100년 전 여성 대학에서 '여성과 픽션'이라는 주제로 강연을 했다. 강연 내용을 담은 책 《자기만의 방》에서 "여성이 픽션을 쓰려면 자기만의 방과 연간 500파운드의 수입이 있어야한다."라고 했다. 그녀는 "경제적 자립이 마음의 자유, 자신을 표현할 수 있는 자유의 필수조건"이라고 말한다. 나는 이 부분에 적극적으로 동의한다.

가족이라는 울타리 안에 있더라도 나의 소득만큼 독립적인 시간과 공간을 차지해야 한다는 사실을 알게 되었다. 스스로 온전하기위해서 다시 일할 필요성을 절실하게 느꼈다. 그렇지 않고서는 내시간도, 나란 사람도 아무렇게나 쓸 수 있는 존재였다.

많은 시간 경제적인 것과 정신적인 것에만 신경을 쓰다 보니 자연스레 건강에 소홀해졌다. 빈혈 수치 7까지 떨어지니 누우면 블랙홀에 빨려 들어가는 것처럼 빙글빙글 끝을 알 수 없는 곳으로 쑥 꺼지는 느낌이 두렵게 다가왔다. 그제야 건강을 관리해야 한다는 자각이 들었다.

지금에 와서 생각하니 육아와 경력 단절 덕분에, 건강이 바닥을 친 덕분에 바닥을 딛고 다시 설 수 있게 된 것이다. 정말 그 덕분에 점진적으로 나를 돌볼 수 있었다.

수술실 간호사에서 논술 교사로 경력 환승을 했고, 결국 나만의 방을 만들었다. 읽고, 쓰기로 그 방을 채우면서 매일 달리기로 체력도 키우고 있다. 물론 앞으로 나아갈 때 생기는 균열과 저항은 자연스러운 일이다. 그사이 가까운 얼굴들과 얼굴을 붉히는 경우도 많았지만 내가 내 삶에 얼굴을 붉히는 일만큼 클까.

나에게 무해한 사람
서먹해졌던 나와 친해지기 위해 먼저 던지는 질문.

'한 번뿐인 인생 어떻게 살 것인가?'

이 질문 앞에 쩔쩔 맬 때가 많았다. 답을 몰라 긴 시간 동안 서성이고 헤맸다. 때로는 답을 재촉하는 나에게 낭패감도 느꼈다. 그럴 땐 큰 질문도 쪼개어 볼 일이었다. 어차피 한 번뿐인 인생도 한 번뿐인 하루의 합이다. 그 하루는 지금 이 순간의 합이고⋯.

이 순간 나는 나를 위해 어떤 선택을 할 것인가? 물론 큰 질문을 쪼개어도 우리는 늘 선택 앞에서 망설이게 된다. 그런 시간을 통과하면서 얻은 결론은 진정 원하는 것이 잘 보이지 않을 땐 싫어하는 쪽을 선택하지 않는 일 또는 아예 선택하지 않는 것도 옳은 선택이 될 수 있다는 사실이다.

내 선택에 확신이 서지 않을 때는 나중에 이 선택이 후회로 돌아올지 아니면 선택하지 않음으로써 더 크게 후회하게 될지 생각해 보자. 바로 선택과 비선택으로 인한 후회의 총량을 비교해 보는 것이다.

나에게 좋은 것들은 때때로 맹랑하고 불친절할 때가 많다. '네가 알아서 찾아봐' 하며 꼭꼭 숨는 성질이 있다. 하지만 결핍이나 불합리함 같은 불편한 것들은 몸과 마음이 불에 데는 것처럼 바로 알 수 있다. 그래서 차라리 내가 느끼는 불편함을 제거하다 보면 작은 질문들의 답을 찾을 수 있다. 이런 과정도 부단히 나를 읽어 내려고 애쓸 때 가능한 일이다.

말할 수 없었던 것들에 관해 이야기하고 쓸 수 없었던 것들에 대해 써 보는 일. 익숙한 나를 낯설게 바라보는 작업이다.

지나온 삶을 읽어 보다가 숨이 턱턱 막히던 곳에 밑줄을 그었다. 그리고 그것에 대해 쓰기 시작했다. 내 삶을 이루는 것이 나와 딱 붙어 제대로 보지 못하고 지나치다 보면 일순간 이게 나인가 싶어 낯설어진다. 나의 선택과 비선택으로 아주 멀리까지 오고야 말았다는 것을 알게 된다. 그 순간 경로를 다시 수정하고 다른 경로를 탐색할 수 있다.

적어도 앞으로의 내 삶은 나와 무관한 삶이 아닌 내 마음이 담긴 길이기를, 내가 나에게만은 무해한 사람이기를 바란다. 그런 이유로 조금씩 나에게 시간을 내어 볼 작정이다.

책을 읽든, 글을 쓰든, 달리며 귀를 기울이든, 매 순간 "이 길 어때? 괜찮아?"라고 나에게 묻는다. 나를 읽고, 나를 쓰는 일을 게을리하지 말아야 한다. 올가 토카르추크의 《방랑자들》에 나오는 말처럼 '어쩌면 우리는 적절한 시간, 적절한 장소에서 새로 태어날지도 모르는 일'이니까.

엄마의 문장

내가 느끼는 불편함을 제거하다 보면 작은 질문들의 답을 찾을 수 있다. 이런 과정도 부단히 나를 읽어 내려고 애쓸 때 가능한 일이다.

우리는 때때로
알 수 없는 얼굴이 된다

우리가 겪었던 고통, 이 모든 것들은 비록 과거로 흘러
갔지만 결코 잃어버린 것이 아니다. 우리는 그것을 우
리 존재 안으로 가지고 들어왔다.

– 빅터 프랭클,《죽음의 수용소에서》중에서

"저기요, 왜 시집을 다 찢고 가시는 건가요?"

"내가 표절한 것이 아니면 찢어도 된다고 했어! 그 시인이 그래도
된다고 그랬어!"

힘이 잔뜩 들어간 낮은 목소리에는 깊은 지층을 뚫고 나오는 용
암처럼 뜨거운 분노가 서려 있었다. 목 끝까지 차오르는 분노와 억
울함으로 목구멍 밑에 커다란 돌덩이를 괴어 놓았건만 기어코 새
어 나오고야 마는, 그래서 온몸에서 경련이 이는 듯 떨리는 목소리.

빨개진 눈은 너무나 또렷했다. 내 상상력으로는 그녀의 모습과 행동 사이의 간극을 메울 길이 없어서 잠시 멍해졌다. 그사이 그녀는 뒤돌아서 사라졌다. 조금 뒤에 달려온 서점 관계자들은 사라진 그녀를 찾기 위해 분주해졌다.

그 소동이 일어나기 불과 몇 분 전, 나는 시집 코너에서 이병률 시인의 글을 보고 있었다. 어디서 종이 찢는 소리가 계속 났지만, 시구절에 생각을 빠트리고 있어서 대수롭지 않게 생각했다. 계속되는 종이 찢는 소리에 정신을 차리고 보니 눈앞에서 진풍경이 벌어지고 있었다.

머리부터 얼굴까지 감싼 스카프 사이로 단정하게 쓸어서 넣은 흰머리의 여성이 알 수 없는 말을 중얼중얼하면서 매대에 올라와 있는 특정 시집의 첫 번째 장을 한 장씩을 죄다 찢고 있었다. 도무지 무슨 맥락인지 이해되지 않아서 그녀가 돌아서 나가는 뒷모습을 보고서야 퍼뜩 정신이 들었다. 그렇게 뒤늦게 쫓아가서 돌려세워 그 상황에 관해 물었던 것이다.

그녀는 이해할 수 없는 문장을 남기고 빠른 걸음으로 시야에서 멀어졌고, 나는 다시 찢긴 시집이 있는 곳으로 갔다. 한 권 한 권 펼쳐보면서 알 수 없는 마음에 휩싸였다. 겨우 손가락 한 마디도 되지 않을 만큼만 찢긴 종이들. 다 찢지 못하고 멈춘 자리를 보니 다 소리 내지 못하고 앙다문 그 삼킴의 마음이 어딘가에 와닿아 먹먹해졌다. 그 속사정을 다 알 수 없지만 옳고 그름을 따지기 전에 자기를 집어삼킬 정도의 분노와 억울함을 끝내 다 펼치지 못하고 스스로 삼키는 모습이 좀처럼 떠나지 않았다.

나는 왜 그 순간을 지나치지 못했던 걸까? 그녀의 어떤 부분이 나를 흔들어 세웠을까? 그 빨개진 눈과 떨리는 음성이 왜 낯설지 않게 느껴졌을까? 흔들리는 그림자에 내 그림자가 겹쳐졌기에 절로 헤아려졌다는 시구절처럼, 그렇게 사라진 기억 속에 묻었던 감정이 겹쳐져 되살아났던 것일까. 이렇게 문득, 소화하지 못하고 삼켜버린 감정들은 언제고 나를 다시 찾아온다.

나는 분노조절장애일까

나는 화를 잘 내지 못하는 사람이었다. 결혼하고 아이를 기르기 전까지는 크게 화낼 일이 딱히 없었다. 화내는 것에 서툴러서 잘 참다가 어느 순간 크게 터뜨리던 사람이었다. 화를 낼 때면 머리가 어지러워지면서 하고 싶은 말이 떨리는 목소리에 잘근잘근 씹혀서 우스꽝스럽게 되어 버리기 일쑤였다. 그럴 때면 바보가 된 것 같은 모습에 또 한 번 좌절하고 그 화의 방향이 내게로 향하곤 했다.

그런데 아이를 키우며 분노 조절 장애가 있나 싶을 정도로 자주 화가 났다. 일 년에 한 번인 명절에 그 노동을 감수 못 하냐 타박을 들을 때, 그 일 년에 한 번 있는 명절인데 친정 한 번 제대로 마음 편히 못 가는 나는 어떤 사람인가 하면서, 요리에 영 소질이 없던 나에게 배워 온 것이 없다며 친정 식구들까지 욕보일 때도, 불효하는 것 같아 꾹꾹 눌러 참다가 자주 폭발했다. 그 아주머니처럼 빨개진 눈으로.

아이에게 '좋은 엄마'가 되어야 한다고 스스로 최면을 걸던 새내기 엄마였을 때다.

쉴 틈 없이 무엇인가 요구해대는 아이에게 "그만 좀 해."라고 말하는 대신 나도 모르게 가지고 있던 냄비를 싱크대에 내리쳤다. 대리석이었던 싱크대의 모서리가 떨어져 나갔다. 나는 그때 알았다. 분노의 힘이 얼마나 무서운 괴력을 발휘하는지.

순간 정신이 번쩍 들었다. 이 화가 아이에게 갔다면 어떻게 되었을까? 섬뜩했다. 간접흡연 또한 직접흡연만큼 치명적이라고 하지 않았던가. 그날 '좋은 엄마'의 모습은 대리석 모서리처럼 쩌억 금이 가서 한 귀퉁이가 떨어져 나갔다. 그 후 감정 처리가 미흡한 엄마의 모습을 아이에게 들키지 않기 위해 나는 다른 방법을 택했다. 바로 젓가락 구부리기. 참을 수 없는 분노가 올라오면 조용히 아이가 보이지 않는 곳에 숨어 젓가락을 온 힘을 다해 구부렸다.

"엄마 이거 뭐야?"

"아, 엄마 운동하려고….'

더듬더듬 말하기 시작한 둘째가 비닐봉지에 수북이 쌓아둔 구부러진 젓가락을 들어 올리며 물었다. 운동한다니…. 말하고도 어이없는 웃음이 났다. 그리고 아이는 끙끙대며 그 구부러진 젓가락을 펴려고 온 힘을 다해 운동(?)하고 있었다.

이윽고, 다시 오는 감정들

그랬다. 내 감정도 읽지 못했던 새내기 엄마는 아이의 감정을 읽겠다며 영혼이 휘발되고 없는 순간에도 '우리 채민이가 그랬구나.', '우리 수현이가 속상했구나.' 했던 것이다. 대신 아이가 없는 방에서 홀로 젓가락을 구부리면서…. 없어지는 젓가락을 쟁여두기 위해 자주 다이소로 향했다. 시집을 찢다가 다 찢지도 못하던 그분처럼, 주먹을 쥐고 부르르 떨면서 나를 덮치는 분노를 삼키기 위해 애썼다.

누구나 자기가 딛고 있던 신념의 바닥이 흔들릴 때면 아무도 알 수 없는 얼굴이 되곤 한다.

온몸이 흔들릴 정도로 분노하던 그분의 모습에서 나는 나의 지난 시절의 모습을 보았다. 이제 작은 점 같은 시절이 되어 버렸지만 수영복 사이 박혀서 빠지지 않는 모래알처럼 혼자만 불편했던 감정 때문에 생긴 분노였다. 그녀 덕분에 그 시절의 나를 다시 떠올릴 수 있었다.

날카로운 삶의 파편에 베여 뜨겁고도 빨갛게 넘치던 마음도, 시간 속에 응고되면 종이에 손가락 벤 것처럼 가볍게 여겨지기도 한다. 그렇지만 절대 가볍지는 않았다. 그 뜨거움의 순간들을 지나서야 지금의 나로 조형되었음을 잊고 싶지 않다.

분명한 것은 해결되지 않고 지나쳐 온 것들은 '불시'에 언제고 '불쑥' 다시 온다는 것이다. 마치 후불카드 청구서처럼 계산될 때까지. 그때는 연체하지 않고 그 세부 내역에 대해 계산해야 한다. 그래야 삶의 진도를 나갈 수 있다.

알 수 없는 그녀의 얼굴에서 자주 화가 솟구쳤던 지난날의 나의 얼굴을 마주하고 이제야 떠나 보낼 수 있었다. 그리고 지금 내가 선 자리의 페이지로 조금은 가볍게 넘어올 수 있었다.

근경은 전쟁이고 원경은 풍경이란 말이 있다. 그 전쟁 같은 일상도 내게는 점점 풍경이 되어 간다.

엄마의 문장

날카로운 삶의 파편에 베여 뜨겁고도 빨갛게 넘치던 마음도, 시간 속에 응고되면 종이에 손가락 벤 것처럼 가볍게 여겨지기도 한다.

글쓰기가 주는
다정한 위로

어떤 대상을 사랑하고 이해하는 방법은 시간을 들여
그 대상을 정확하게 바라보고 옮기는 것이다.
ㅡ 신형철,《슬픔을 공부하는 슬픔》중에서

책이 눈에 들어오지 않는 날이 있다. 직업이 직업이다 보니 수업을 하려면 아이들 책을 읽고 준비해야 하는데 통 눈에 들지 않아서 같은 자리를 여러 번 반복하다가 그만 지쳐 버리는 날. 평소 책을 끼고 살던 나이기에 책이 눈에 들지 않는다는 것은 마음에서 이상 신호를 보내고 있다는 뜻이다.

정돈되지 않은 냉동고처럼 섣불리 문을 열다가는 얼어서 무기가 된 무엇에 발등을 찧기 딱 좋을 때다. 몸에 좋은 유기농 생활을 들이밀어도 다 뱉어 내는 내 마음을 어찌할 도리가 없기에 미루고 미루던 냉장고 청소를 하듯 글을 쓰려고 앉았다. 이런 날처럼 글쓰기를 처방해야 할 순간이 꼭 있다.

마음이 허기질 때면 뜨거운 김이 모락모락 나는 하얀 밥을 빈틈없이 찰 때까지 먹는 습관이 있다. 운이 좋으면 배부른 느낌 덕에 마음까지 불러 온다고 착각할 때가 있기 때문이다. 얼마나 비었는지 알 수 없는 허기짐을 견디는 것보다 확실한 감각으로 대체하는 일이 내겐 훨씬 쉽다. 며칠 전에도 그런 날을 보냈다. 배부른 느낌이 들지 않아서 틈만 나면 먹어 댔다.

이른 아침 남편 도시락을 싸면서 갓 지은 밥을 먹고선, 그 사실을 새까맣게 잊은 채 늦은 아침 아이들이 밥 먹을 때 또 덩달아 먹었다. 한 공기를 다 비워 갈 때쯤에서야 아침을 두 번 먹었다는 사실을 깨달았다.

이렇게 공장의 컨베이어벨트 위에서 나오는 공산품 같은 일상이 있다. 또는 어떤 날에는 표정 없는 불행감에 휩싸여서 여러 날을 넋 놓고 보내기도 한다.

이 불행감은 도대체 어디에서 오는 것일까? 옆에 있는 사람은 나의 불행감에 왜 이리 둔감한가? 괜한 탓을 하며 보내는 그런 날들이 있다.

그런 날에는 내게 말을 걸고 물어야 한다. 타인을 향해 웃던 나는 나 자신에게 어떤 얼굴이었나? '공중분해' 되고 싶다는 생각을 하면서 산산이 조각냈던 마음, 죽고 싶은 마음을 베고 누워 잠들지 못하던 날들…. 긴 생각 끝에 결국 나의 불행에 가장 동조하고 있는 사람은 바로 나 자신이라는 사실을 깨닫게 된다.

피해자 코스프레를 벗으려면

우리는 타인과 깊은 연결감을 느낄 때 안정감을 느끼고 살아갈 힘을 얻는다. 그러다가 연결되었다고 생각했던 마음이 무한정 커지다 보면 내 지나친 기대는 미처 생각하지 못한 채 피해자 코스프레를 할 때가 있다. 이럴 때도 필요한 것은 상처 받았다고 생각한 나를 비난하지 않고 그저 그 마음을 받아 옮겨 적는 것이다.

이해 받은 마음은 이내 '스스로 경계를 지키지 못했구나.' 하고 깨닫게 된다. 상대의 문제에서 나의 문제로 옮겨 오면 그 문제는 내가 풀 수 있게 된다.

내가 나의 마음을 어루만지고, 있는 그대로 인정한다. 그러면 나를 꺼내 증명하라고 다그치는 내 안의 또 다른 녀석은 잠잠해진다. 우리가 크게 느끼는 문제는 어쩌면 의외로 작은지 모르겠다. 내가 나와 멀리 있을 때 딱 그 거리만큼 멀리 있고, 클 뿐이다.

누구도 대신할 수 없는 위안

글쓰기만큼 다정한 위로가 있을까? 자신을 비난하지 않고 매일 쓴다고 해서 반드시 글을 잘 쓰게 된다고 말할 수 없지만, 더 나은 인간이 된다는 사실만은 장담할 수 있다는 김연수 소설가의 말에 크게 고개를 끄덕이게 된다. 어떤 모습이든 비난 없는 마음으로 그 이야기들을 받아 적으면, 맨얼굴과 마주하게 된다. 그 얼굴을 마주하는 순간 그 감정에서 해방될 수 있다.

자신을 사랑하고 이해하는 방법으로 백지수표 같은 종이를 준비해서 마침표의 종용 없이 시간을 들여 나를 꼼꼼하게 받아 적는 일. 글쓰기는 누가 대신할 수 없는, 나 자신만이 내게 줄 수 있는 다정한 위로이자 다정한 말 걸기다.

내 글을 통해서 만난 사람들이나 나를 본 사람들에게 한결같이 듣는 말이 있다. 바로 따뜻하고 다정하다는 말이다. 물론 그 모습도 나다. 하지만 고백하건대 나는 삶이 무의미함을 더 오랜 시간 동안 느꼈고, 허무함에 더 마음이 동하는 사람이기도 하다. 나의 바탕색은 조금 추운 색깔에 가깝겠다.

온라인에 글을 발행할 때 망설이다가 발행하지 못할 때가 많다. 행복한 사람은 일기를 쓰지 않는다는 말이 있는 것처럼 많은 부분 내 불행을 어루만지기 위한 방법으로 글을 썼고, 글을 내보이는 일이 꼭 우는 모습을 보여 주는 것 같기 때문이다. 그럼에도 나는 안다. 글쓰기라는 뜰채가 있었기에 부유하고 있던 어둠을 걸러 내고 나날이 따뜻하고 다정할 수 있음을.

엄마의 문장

우리가 크게 느끼는 문제는 어쩌면 의외로 작은지 모르겠다. 내가 나와 멀리 있을 때 딱 그 거리만큼 멀리 있고, 클 뿐이다.

아이와 함께
커 가는 엄마

작은 점을 그릴 수 있으니까
아주 커다란 점도 그릴 수 있을 거야.

베티는 넓은 도화지에 큰 붓으로
여러 가지 색을 섞어 커다란 점을 그렸어요.
― 피터 H. 레이놀즈, 《점》 중에서

아이를 낳고 '나에게 없는 것은 줄 수 없다.'라는 말에 정면으로
부딪혔다. 주머니를 샅샅이 뒤지다가 결국 주머니 안감까지 뒤집
어 본 뒤에 내게 없다는 사실을 통감하기도 했다. 옥같이 귀한 아이
를 사랑하는데 사랑하는 방법을 몰라서 쩔쩔맸다. 아이와 시간을
보낼 때는 어떤 그림도 그리지 못하고 있는 하얀 도화지 앞의 아이
같았다. 그저 책에서 배운 내용으로 육아를 하고 사랑을 표현했다.

먹고 자고 싸고 이 중간에 아이와 나누는 교감, 시간을 보내는 방
법을 몰라서 헤맸다. 마음 편하게 할 수 있는 일은 책 읽어 주기가

고작이었다. 책에서 본 오감 놀이, 물감 놀이, 찰흙 놀이 등 온갖 교구를 사서 아이 앞에 전시하고 아이가 노는 시간에 나도 같이 노는 법을 배웠다. 마음 한편에는 나의 서툶이 전해지지 않을까, 긴장감이 전해지지 않을까 하며 조마조마했다.

아이라는 존재가 주는 충만감을 느끼며 아이를 사랑스러운 눈빛으로 바라보고, 그저 편안하게 품어주면 충분했는데 그때는 그게 그렇게 힘들었다. 그 이상으로 해야 사랑이라고 생각했다. 온전하게 사랑하는 법을 모르고 그 무늬만 따라 하려 무던히 애를 썼다. 사랑한다면 좋은 것만 주고 좋은 감정만 느끼게 해야 한다는 강박이 있었다.

아이를 무균 상태로 보존해야 한다고 생각하면서 다른 균이 번식할까 노심초사하던 그 시절을 되돌아 본다. 나 또한 얼마나 숨이 막혔을까. 그때의 나와 아이가 안쓰러울 지경이다.

인생을 온전히 받아들이는 연습

시간이 지나면서 사랑을 표현하는 기본값이 설정되어 갔다. 내 안에 무엇이 있고 없는지 알아가며 아이도 나도 커 갔다. 치열한 그 시간 속에서 자라지 못했던 내 안의 어린 나도 회복되었다. 한 사람을 온전히 받아들인다는 것이 어떤 뜻인지 조금씩 알아갔다.

안다는 것과 이해하고 실행한다는 것은 또 다른 일임을 알게 되었다. '덜 먹고 운동하면 살 빠진다'처럼 뻔한 이야기 하나도 지키지 못하는 나인데, 하물며 더 고귀한 한 생명을 길러 내는 일을 내 삶에 녹여 내기는 절대 쉽지 않았다.

온전한 나로서도 존재하지만 두 아이와 교집합인 나로도 존재하기에 맞물리는 삶에서 나를 내팽개칠 수가 없었다. 아이를 사랑하기 위해서는 내가 만족하는 삶을 살아야 한다는 사실을, 내가 행복해야 그 행복함이 아이의 정서적 환경이 된다는 것을 뒤늦게 알게 되었다. 아이 앞에서 나를 잘 보살피고 나의 삶을 잘 가꾸어 나가는 것이야말로 사랑을 보여 주는 또 다른 방법이란 점도 비로소 알게 되었다.

아이들과 나는 궁극적으로 각자 건강한 개인으로 살면 참 좋겠다. 하지만 아이들의 불행 앞에서 아무렇지 않을 자신은 없다. 그리고 아이들 앞에서도 내가 측은해 보인다거나 희생의 아이콘으로 남아서 계속 뒤돌아보는 존재로 있고 싶지 않다.

근래 아이들을 돌보는 시간과 내가 일하는 시간, 글 쓰는 시간을 분배하면서 기존 생활 패턴에 균열이 왔다. 글을 쓰기 위해 쏟는 물리적인 시간과 정신적 에너지를 아이들에게 양해를 구하고 써야 했다.

그사이에도 '이렇게 해도 될까? 이게 맞을까?'라는 생각이 따라다녔다. 엄마와 개인이 충돌하는 지점에서는 산뜻하게 선택할 수가 없었다. 하지만 달리 생각해 보면 조금씩 애쓰면서 성취해 나가는 과정을 함께 나누는 자체로도 괜찮은 환경이지 않았나 싶다.

따로 또 같이 공존하는 삶

"엄마, 여유를 가지고 천천히 하면 돼."

"응? 무슨 말이야? 누구한테 이야기하는 거야?"

"엄마한테 말하는 거지, 엄마 지금 엄청 혼란스러워 보여."

아이 앞에서 그만 참았던 눈물을 쏟고 말았다.

"엄마, 왜 울어?"

"고마워서…. 엄마가 그렇게 보였어? 수현이가 엄마 마음 읽어 줘서 고마워."

글을 쓰다 길을 잃은 듯 막막해서 나도 모르게 왔다 갔다 하면서 영혼 없이 손에 잡히는 대로 먹고 있으니 소파에 앉아 있던 아이가 한 말이다. 느닷없는 아이의 이해와 공감으로 말하지 못했던 긴장감이 녹으면서 울었다. 처음으로 돌봄의 방향이 위에서 아래가 아니라고 느꼈다. 돌봄은 서로가 응원하고 지지하면서 서로를 보살피는 것일 수 있겠다고 생각했다. 나도 아이들도 공존을 배워 가는, 그런 시간이었다. 이제는 아이 앞에서 숨기지 않고 마음을 드러내는 것이 자연스럽다.

아이 앞에서도 투명한 뱀처럼 속이 훤히 보이는 존재가 된 것이다. 더 진실하고 온전해야겠다는 다짐을 한다. 불완전한 나를 알아차리고 그 모습을 받아들이는 일, 불완전한 나를 끌어안고 온전하게 살아가는 모습을 보여 주는 것 자체가 아이에게 줄 수 있는 메시지라는 사실을 이제는 안다. 우리는 이 구불구불한 여정을 지켜보며 함께하고 있다.

"엄마가 좋아서 하는 일이잖아!"

징징대는 엄마에게 첫째 아이는 송곳 같은 말로 정곡을 찌른다. 가끔은 누가 엄마고 누가 아이인지 헷갈린다. 어쩌면 내가 나중에 아이들에게 해야 할 말을 먼저 듣고 있을지도 모르겠다. 언젠가 채민이 13살, 수현이 10살 때 44살의 꿈꾸는 엄마를 보며 했던 말을 자기 자신에게 하면서 마음을 다잡을지도 모를 일이다.

그리고 쉽지 않은 과정을 잘 견뎌서 나의 글이 책이 된다면, 그렇게 나의 꿈에 닿는다면, 먼 훗날이 되어 느낄 수 있으리라 생각했던 '나로 존재하면서 근사한 엄마로도 존재하게 되는 모습'을 조금 맛볼 수 있지 않을까? 그렇게 아이와 나는 각자 단독자로 살면서 행복을 공모하는 존재가 되기를 기대한다.

엄마의 문장

아이를 사랑하기 위해서는 내가 만족하는 삶을 살아야 한다는 사실을, 내가 행복해야 그 행복함이 아이의 정서적 환경이 된다는 것을 뒤늦게 알게 되었다.

5장

··

마침내,
참 나를 되찾다

"삶이란 결국 부단히 나에게 이르는 길" - 전혜린

꿈꾸는 마음이
전염되면 좋겠다

교육은 전염, 혹은 감염입니다. 따라서 무언가를 무리
하게 가르치려 들지 말고, 스스로가 먼저 배우는 모습
을 보여주길 바랍니다. 어른이 배우는 모습이야말로
아이에게 최고의 교육입니다.
– 후지하라 가즈히로, 《10년 후, 우리 아이의 직업이 사라진다》 중에서

수업 시간이 아닌데 한 아이가 A4 용지로 만든 책을 가지고 와서
봐 달라고 했다. 고양이와 꼬마에 대한 책인데 동화책으로 내기에
어떤지 봐 달라는 것이다. 함박눈이 내리던 날, 꼬마가 사탕 가게에
서 나오다가 버려진 아기 고양이 두 마리를 발견하면서 시작되는
이야기다.

아기 고양이에게 다가서는 꼬마에게 털과 꼬리를 잔뜩 세운 아
기 고양이 그림은 추위와 배고픔, 두려움을 표현하기에 충분했다.
아이의 따뜻한 시선이 고스란히 담겨 있어서 보는 마음이 절로 따

뜻해졌다. 또 교환 소설을 쓰겠다면서 내용은 1급 비밀이라고 말한다. 내 수업을 들은 아이들이 책 쓰는 일이 자신과 먼 이야기가 아니라 마음만 먹으면 할 수 있는 일이라고 생각한다는 자체가 대견했다. 정말 흐뭇하기 그지없었다.

그러면서 생각해 보게 된다. 내 인생에 가장 큰 도전인 책 쓰는 일을 위해 글을 쓰면서 가끔 '내가 책을 쓰겠다고 덤볐다니 미쳤던 걸까.'라는 생각이 들기도 한다. 하지만 안 해 봤다고 뒷걸음질 치고 싶지 않았다. 무엇보다 자발적으로 몰입할 수 있는 일을 만났으니 크나큰 행운이다.

나비를 꿈꾸는 애벌레는 행복하다

이 과정에서 이전에 가졌던 생활 패턴이라든지 사고하는 방식, 책을 읽는 방법, 책을 대하는 태도 등 여러 측면에서 변화되는 경험을 했다. 나비가 되기 위해 고치를 만들어 그 안에서 재생과 성숙을 반복하는 애벌레가 된 기분이다. 마침내 고치라는 세계를 뚫고 새로운 모습으로 태어나는 애벌레. 그러고 나면 꿈꾸던 나비가 될 거라는 근사한 이유를 붙여 보기도 한다.

모든 것을 떠나서 이 과정이 고되지만 즐겁다. 그러니 아무도 등떠밀지 않았는데 고치 안에서 인고의 시간을 보낼 수 있는 것이 아닐까? 내 책이 나온다는 기대를 하면서 글을 쓰는 즐거움은 정말 크다.

이 즐거움이 아이들과 주위 사람들에게 전해지고 있다. 지금처럼 꿈을 안고 어쩔 줄 모르는 마음이 계속 전염되면 좋겠다. 나의 아이들이, 내가 가르치는 학생들이, 꿈을 꾸기엔 너무 늦었다고 생각하는 사람들이 내 책을 읽고, 거창하지 않아도 자신이 하고 싶은 것이 무엇인지 알고 한번 해 보겠다고 마음먹는다면 족하겠다.

결론적으로 배움을 즐겁게 느끼는 모습은 구글이 가질 수 없는 것입니다. 따라서 순수한 마음으로 배움을 즐기는 모습을 학생들에게 보여주면서, 자신의 학습 방법을 전염 혹은 감염시킬 수 있는 교사라면 먼 미래까지도 살아남을 것이라 확신합니다.

— 후지하라 가즈히로, 《10년 후, 우리 아이의 직업이 사라진다》 중에서

후지하라 가즈히로는 인공지능 시대에 로봇이 아무리 완벽하게 다양한 역할을 한다고 해도 배우는 기쁨을 가르치지는 못할 거라고 이야기했다. 아이들은 가르치는 어른보다 스스로 배우는 어른으로부터 더 많은 것을 느낀다는 말이다. 그러니 배움에 대한 기쁜 마음을 전해 준다면 이것보다 더 좋은 교육이 있을까?

글을 쓸 때도 '말하지 말고 보여 주라'라는 말이 있다. 《뼛속까지 내려가서 써라》에서 나탈리 골드버그도 일맥상통하는 말을 했다. 나의 감정을 강요하지 말고, 상황 속에서 살아 있는 감정을 생생하게 보여 주라는 뜻이다.

꿈을 향한 묵묵한 발걸음

첫째 아이에게는 학교 진로교육 주간에 꿈을 발표하는 시간이 늘 고역이라고 한다. "꿈을 아직 정하지 않았는데, 도대체 왜 자꾸 발표하라는 거야?" 하며 마음의 어려움을 호소한다. 결국 가장 무난한 꿈을 정해서(몇 년째 작가라고 하고 있다) 누구든지 알아들을 내용으로 발표하면서 그 시간을 모면하고 있다.

어릴 때부터 생각하는 시간이 많이 필요한 아이였다. 아이에게 꼭 꿈을 정해야 한다고 말하고 싶진 않다. 배가 고프지 않은 아이에게 배가 고파야 한다고 말하는 것처럼 스스로 느끼지 않으면 어찌할 수 없는 부분이다. 어쩌면 엄마인 내가 꿈을 꾸고 그것을 향해 묵묵히 나아가는 모습을 보여주는 것이 전부일지도 모른다. 딸과 엄마는 서로가 CCTV가 되어 보이는 것은 물론 안 보이는 것까지 꿰뚫어 보는 그런 관계다. 그런 딸에게 그냥 삶으로 보여 주는 것밖에 내가 해줄 수 있는 일이 없다.

당신은 참 괜찮은 사람

나의 오래된 친구는 스트레스가 있을 때마다 쇼핑하면서 해소하던 습관에서 벗어나 책을 가까이하게 되었고, 딸과 함께 책을 보고 이야기를 나누게 되었다고 한다. 친구의 말에 따르면 수화기 너머로 나의 들뜬 마음이 생생하게 전해져서 좋은 자극이 되었다고 하는데, 그런 말을 들을 때면 기분이 좋다.

나로 존재하면서 엄마로, 교사로, 친구로도 참 괜찮은 사람이어야겠다는 생각을 하게 된다. 관계 속에서 영향을 주고받는 우리는 서로가 좋은 환경이 될 필요가 있다. 이 글을 적는 순간도 나의 글이 전염력이 강한 바이러스 같은 글이 되길 바란다.

"엄마, 이렇게 긴 시간 동안 두 장 쓴 거야?"

"아니. 한 장 반."

"엥, 그럼 이 많은 책은 다 언제 만들어진 거야?

휘둥그레진 눈으로 아이가 묻는다.

"그러게. 이제 어떤 책에 대해서도 함부로 말하지 못할 것 같아."

"와, 쉬운 게 아니네."

수업 듣는 아이가 책 쓰기에 관심을 가지고, 수업 시간마다 물어본다. 눈에 기대를 가득 안고 생글생글 웃으면서.

"선생님, 책 표지에 선생님 얼굴 넣을 거예요?"
"책 언제 나와요?"
"책 나오면 두 권 사서 저 먼저 읽고, 엄마 줄 거예요."
"제가 선생님 첫 번째 독자예요!"

아이들이 나에게 기대를 걸고 응원하면서 서서히 꿈꾸는 마음도 전염되길 바란다. 언젠가는 누군가를 응원하고 기대했던 마음을 자기 것으로 만들 날을 믿어 의심치 않는다.

엄마의 문장

딸과 엄마는 서로가 CCTV가 되어 보이는 것은 물론 안 보이는 것까지 꿰뚫어 보는 그런 관계다. 그런 딸에게 그냥 삶으로 보여 주는 것밖에 내가 해줄 수 있는 일이 없다.

나와 당신의
색을 찾는 여정

엄마가 된다는 것은 너무나 멋진 선물이지만 엄마라
는 말로만 자신을 정의해서는 안 돼.
무엇보다 충만한 사람으로 남는 것에 더 신경 써. 자신
을 위한 시간을 가져.
– 치마만다 응고지 아다치에,《엄마는 페미니스트》중에서

엄마라는 옷이 있다면 그 옷은 무슨 색일까? 아마도 피부색과 똑
같지 않을까? 매일 피부처럼 입어야 하는 옷. 날마다 그 피부색 옷
을 입고 있노라면 지긋지긋해서 벗어던지고 싶을 때가 있다. 피부
색 옷은 아이가 태어나면서부터 무한대로 지어져 제공된다.

이 옷에는 이상한 행동 강령도 있다. 사이즈도 프리사이즈다. 한
번 입으면 사이즈가 안 맞다고 교환할 수 없다. 이상하게 갑갑한데
입고 있으면 원래 내 옷인 것처럼 착각이 들기도 한다. 이런 이상한
옷이 또 있을까?

한 가지 비밀이 있다. 입기 전에는 아무도 모르는 비밀. 처음 그 옷을 입을 때는 "내가 드디어 이 옷을 입다니!" 하며 평생의 로망처럼 벅차기까지 하다는 사실이다. 자칫 종신 계약이 될 수도 있는데 "아무렴, 어때." 하며 드디어 평생 찾던 옷을 입는다는 듯이 숭고한 마음을 장착하고 입는다. 이 비밀스러운 옷은 이상하게 벗으려면 입을 때보다 수십 배의 용기와 힘을 필요로 한다. 그래서 대부분 그냥 다시 껴입게 되는 신비로운 옷이다.

간혹 기어코 벗어던지는 사람도 있다. 자신이 딛고 살던 세상을 머리에 이고 살아갈지라도 담대하게 행동하는 사람들이다. 반면 엄마 옷을 입은 사람들 중 나처럼 엄마 옷의 후기를 남기는 사람도 존재한다.

휴일에도 쉬지 않는 엄마

바쁜 일상에 오아시스 같은 시간이 주어질 때가 있다. 그럴 때면 일하는 엄마는 일만 멈추었지 엄마라는 역할은 그대로다.

휴일 아침, 남편과 아이들은 햇볕에 말리는 빨래처럼 아주 고요한 시간을 보내고 있다. 햇살 아래서 세상이 주어진 본분들 다 잊고 저토록 본연의 모습으로 있을 수 있을까? 내 남편이고 내 새끼들인데 저 멀리 가닿을 수 없는 세상에 사는 사람들 같다. 모처럼 쉬는 날 나는 왜 아무것도 할 수가 없지? 공식적으로 쉬는 시간이지만 쉼과 노동으로 치부되지 않는 일 사이에서 이도 저도 아닌 시간을 보내게 된다.

시간만 나면 무엇이든 할 수 있을 거라 생각했던 것이 손에 잡히지 않고 몸만 깨어나 좀비처럼 서성인다. 또 어떤 날은 아무것도 안 하고 그간 조였던 나사를 작정하고 풀 때도 있다. 잠자리에서 조금 더 꼼지락거리다 일어나고, 새벽에 쓰던 글을 쓰지 않고 책도 보지 않으면서…. 사실 정확히 말하면 안 써지고 눈에 들어오지 않는다는 표현이 맞지만. 어쨌든 모든 것을 내려놓을 수 있지만 단 하나 내 의지로 내려놓을 수 없는 것이 있다. 바로 엄마라는 역할이다.

삶은 최전방이다
나는 싸우고 싶지 않았다
삶이 너무 촘촘해서 삶에 질식할 것 같은
그 모든 격렬한 문장 속에서
목덜미를 풀어헤치고 나는 다만 노래 부르고 싶었을 뿐,
포효하고 싶었을 뿐.

― 고은강, 〈고양이의 노래 5〉 중에서

《당신이 글을 쓰면 좋겠습니다》를 읽다가 발견한 시다. 삶은 누구에게나 촘촘하다. 아무 걱정 없을 것 같은 아이도 생활체육과 수학, 달랑 두 개의 학원 스케줄에 '엄마, 나 영혼을 잃어버렸어.'라고 말한다. 그 아이도 다른 시간대의 인생을 살아보지 않아서 그 시간, 그 순간의 삶이 촘촘하다. 엄마도 있는 자리마다 최전방이다. 아이가 없는 자리에서 아이 울음소리의 환청이 들리기도 한다. 육아와 일 사이, 빈 시간마저 비집고 들어와 엄마임을 상기시킨다.

어느 날은 책 읽어 주다가 잠꼬대 끝에 장렬히 전사하듯 곯아떨어지기도 한다. 아이와 함께 자고 함께 깬 다음 날의 허무함은 떠오르는 태양을 다시 밀어 넣고 싶을 정도다. 격렬한 문장으로 싸인 육아의 최전방에서 목덜미 풀어 헤치고 나만의 노래를 부를 수 있는 시간을 만나야 한다.

엄마에게도 쉼이 필요해

엄마로서 나와 고유의 나, 그 둘 사이의 배치를 조금 달리하면 어떨까?

지난 명절을 보내고 와서 나는 시집 하나 가방에 넣고 온종일 홀로 등산을 즐겼다. 곧 일 년에 한 번, 혼자만의 여행을 가기로 한 날짜도 다가오고 있다. 주말 아침이면 새벽같이 카페에서 커피를 마시고 책을 보며 나에게 맑은 물을 준다. 맑은 물을 고요히 안고 흙탕물 같은 마음을 가라앉히다 보면 그제야 비로소 민낯의 나를 만날 수 있다.

그리고 나는 책 위든, 노트 위든, 핸드폰 메모장에든 조용히 나만의 노래를 적어 내려간다. '셀프 주유'라고 부르는 그 시간에 연료를 채운 뒤에 가족에게 돌아가서 마음껏 함께하는 시간을 보낸다.

사실 이 엄마 역할을 누구보다 더 내가 나에게 강요했다는 사실을 오랜 시간이 흘러서야 알게 되었다. 엄마의 유전자와 함께 자매품으로 모성애를 이어받은 나는 엄마의 헌신과 희생이 갑갑하고 싫었으면서도 그 모습 그대로 있으려 했다. 하지만 이제는 엄마에게도 엄마가 입어온 피부색 옷을 벗어던지라고 말한다.

그러면 엄마는 "시어른 잘 모시고, 박 서방 도시락 제때 싸 주고, 아이들 살뜰히 챙기라."라며 그것이 도리를 다하는 삶이라고 이야기를 늘어놓으신다. 하지만 나는 안다. 엄마 마음 편하려고 하는 말일 뿐, 엄마와 조금 다르게 사는 내 모습을 보며 마음속으로 흐뭇해하신다는 것을.

나는 나와 같이 피부색 옷을 입은 사람들, 고유의 색깔을 잃고 방황하는 사람들과 함께하고 싶다. 자신도 모르게 밀려난 존재에서 조금은 자기와 가까운 방향으로 갈 수 있도록 함께 유영하고 싶다.

나 또한 육아와 나 사이에서 치열하게 존재했고 지금도 그렇다.

영혼을 잃은 '엄마봇'에서 벗어나 자신에게 최전방의 시간을 내면 좋겠다고 말하고 싶다. 나와 당신의 색을 찾는 여정을 응원하며 내가 좀 더 입체적인 존재로 살아갈 수 있도록 영감을 준 《글쓰기의 최전선》은유 작가의 말로 이 글의 매듭을 짓고 싶다.

"생의 시기마다 필요한 옷이 있고 어울리는 색과 취향이 있 듯이 멋진 자기 유지를 위해 색을 바꾼다."

나는 당신도 그러면 좋겠다.

엄마의 문장

격렬한 문장으로 싸인 육아의 최전방에서 목덜미 풀어 헤치고 나만의 노래를 부를 수 있는 시간을 만나야 한다.

나는
무지개 빛깔 엄마

자기 삶을 설명할 수 있는 언어를 갖지 못할 때 누구나
약자다.

－ 은유,《글쓰기의 최전선》중에서

　칠곡 할머니들이 한글을 배워서 쓴 시집《작대기가 *꼬꼬장 꼬꼬*
장해》를 읽다가 눈시울이 붉어졌다. 삐뚤빼뚤 쓴 글씨에 아이같이
맑은 글을 보고 있자니 다행이라는 말이 절로 터져 나왔다. 꽃같이
고운 그때는 지나갔지만 할머니들 굵어진 손마디 같은 글자들 속
에서 미처 다 크지 못했던 아이가 자라고 있는 것 같았다. 연약한
살 같은 문장에 새살 돋는 것처럼 기분 좋게 먹먹해졌다.

　할머니들이 쓴 시 옆에 적힌 이름이 유난히 눈에 든다. 평생 이름
없이 살아온 할머니들이 글자를 배워 이름을 찾았다. 우리 외할머

니 '성갑이' 여사도 이름 없이 평생 '남성댁'이라고 불렸다. 나고 자란 곳의 지명에 '댁'을 붙여서 이름 대신 그렇게 불렸다. 평생 이름 없이 사시던 외할머니는 치매로 간 요양병원에서 '성갑이'라는 이름을 찾았다. 가물가물 기억이 사라진 순간에 투약할 때 늘 확인하는 이름으로.

이 먹먹함을 표현할 길이 없다. 보고 있으면 눈물 날 것 같아서 눈 감아 버리는 마음으로, 애써 할머니에 대한 표현을 닫는다. 이럴 때 글을 좀 잘 쓰면 좋겠다.

엄마도 엄마의 딸이다

엄마도 마찬가지다. '정영순'이라는 사람은 누구 엄마로 불렸고 지금도 그렇게 불린다. 긴 세월 이름 없이 산다는 것은 어떤 의미일까? 이제라도 할머니들의 삶이 시가 되어 다행이다.

은유 작가는 자기 삶을 설명할 수 있는 언어를 갖지 못할 때 약자가 된다고 했다. 할머니들이 자신의 언어를 가지고 삶의 지분을 조금이라도 찾은 듯해서 울컥했다.

할머니들의 시를 읽으니 자신의 삶에 대해 설명하지 않는 사람이 떠올랐다. 나에게 자신처럼 살지 말라고 하는데 나도 모르게 자꾸만 닮아가는 우리 엄마다. 엄마가 되고 해결되지 않은 감정의 뿌리를 찾아 어린 시절로 내려 가다 보면 젊은 시절의 엄마를 만날 수 있다. 그 시절을 기웃거리다 보니 엄마에게도 어린 시절이 있었음을 생각했다. 억척스럽게 살던 엄마도 어여쁘던 시절이 있었을 텐데, 그 시절은 다 어디 가고 둥그레진 얼굴선의 할머니가 되었나. 나라도 헤아려 주고 찾아 주고 싶다. 이해받지 못하고 공감받지 못했던 생을 단 한 사람이라도 따뜻하게 바라볼 수 있다면, 그 한 사람이 나라면 좋겠다. 같은 여자로서, 이름 없이 살아온 '정영순' 그 이름을 부르고 싶다.

엄마, 그 자신 그대로의 모습으로

아이를 낳고 나면 엄마와 딸은 더 각별해진다. 엄마와 딸이 아닌 같은 여자로서의 연대가 생긴다. 엄마를 보며 엄마로서 나의 자리에 대해, 나로 살아가는 것에 대한 생각이 깊어진다. 아이들이 나를 볼 때 아리고 먹먹한 마음보다는 희로애락이 분명한 한 사람으로 느끼면 좋겠다. 그렇게 곁에 있고 싶다. 가끔은 '엄마 맞아?'라는 말을 듣게 되더라도 말이다.

여자의 삶을 한 줄의 문장에도 기대지 않고 온몸으로 살아 낸 엄마의 모습을 보면서 나는 마흔이 훨씬 넘은 나이에도 자란다. 나도 아이들에게 자신의 결을 잃지 않고 사는 모습으로, 그저 자신인 채로 살아갈 수 있도록 보여 주고 싶다.

어느 날 불같이 화내는 나를 보며 둘째가 엄마는 무지개 같은 사람이라고 했다. 화날 때, 웃을 때, 짜증 낼 때, 행복해할 때마다 그 모습이 다르다고. 엄마를 하나의 색으로 단정 짓지 않고 여러 가지 색깔로, 있는 그대로 온전히 받아 주는 것 같아 고마웠다. 그리고 나의 강렬한 감정에 물들지 않고 그저 바라봐 주는 모습에서 잔잔한 기쁨이 일었다.

엄마가 자신의 언어로 자신에 대해 설명할 수 있길 바라는 마음 덕분에 나는 나의 언어로 나를 설명하게 되었다. 나를 보고 아이들도 각자의 언어로 자신을 잘 설명하는 사람으로 자라면 좋겠다.

엄마의 문장

이해받지 못하고 공감받지 못했던 생을 단 한 사람이라도 따뜻하게 바라볼 수 있다면, 그 한 사람이 나라면 좋겠다.

마음이 충만해지는
고독한 시간

아이가 몽상에 빠진다는 것은 그 아이의 주의력이 산
만하다는 의미가 아니라, 그것은 아이가 동시에 여러
곳에 존재할 수 있음을 뜻한다.

– 피에르 쌍소(프랑스의 수필가, 철학자)

코로나 바이러스로 온 나라, 온 세계가 난리 통이다. 장기화 되어
가고 있다. 어른만큼 바쁘던 아이들은 학교도 학원도 가지 않고 널
찍한 시간을 보낸다. 나 또한 수업을 휴강하고 아이들의 삼시 세 끼
를 책임지면서 발이 묶였다. 아이들도 엄마들도 고단했던 스케줄
에서 벗어나 갑자기 생겨난 시간에 어찌할 바를 몰라서 우왕좌왕
하고 있다.

휴강 중인데 엄마들에게 전화가 온다. 아이들이 너무 놀고 있는
것 같으니 풀 수 있는 문제집이라도 선정해 달라고 요청한다. 한 번

도 겪어보지 못한 이 상황을 어찌 넘겨야 할지 아이도 엄마도 막막하기는 매한가지다. 수업하는 아이들과 통화를 해 보면 하나같이 심심한데 무엇을 해야 할지 모르겠다고 한다.

이 틈에서 나는 살짝 우리 미래 사회를 엿보았다. 한시적 미래 사회 체험이지 않을까? 앞으로 고도화된 인공지능 시대에 AI가 인간의 노동을 대신하고 인간은 인간이 아니면 할 수 없는 일을 하게 될 것이다. 노동에서 벗어난 시간. 우리는 무엇을 할 것인가? 미리 생각할 절호의 기회다.

엄마는 아이한테는 무엇이든 될 수 있다

한쪽 문이 닫히면 또 다른 문이 열리는 것처럼 자발적 자가 격리와 사회적 거리두기를 하며 혼자 있는 시간의 힘을 기르는 문이 열린 것은 아닐까? 세상의 속도에서 벗어나 나의 속도대로 무엇을 할지 생각할 수 있었다.

처음 며칠은 갑작스러운 무질서로 혼란스러웠지만 이내 적응해 나갔다. 막상 아이들이 등교하지 않고 학원에 가지 않으니 서두르는 일이 적어지고 숙제가 없으니 잔소리할 일도 없어졌다. 같이 모여 밥 먹을 기회도 많지 않았는데 끼니마다 뭐 먹을지 이야기하게 되고 밥을 먹으며 여유롭게 이야기 나눌 수 있다.

저녁 또한 온 가족이 모여서 식사하게 되었다. 글 쓰고 있는 내 옆에서 아이는 책을 보며 책 속의 재미난 이야기해 주거나 모르는 단어들에 대해서 묻곤 한다. 고양이를 좋아하는 녀석은 고양이 책을 보다가 TV 프로그램 〈고양이를 부탁해〉를 보더니, 고양이처럼 가르랑거리며 스트레칭도 하고 '야옹' 소리를 낸다. 내 곁으로 와서 코를 비벼대고 내 옷에 코를 파묻고 냄새를 맡기도 한다. 고양이 한 마리를 키우는 것 같다.

내가 할 수 있는 일은 기꺼이 어미 고양이가 되어주는 것, 자기 자신에서 벗어나 다른 생명체를 골똘히 관찰하면서 마치 그 생명체가 된 것처럼 행동하는 것이다. 이 또한 인식의 범위를 넓힐 수 있는 일 아닐까? 학습에 대한 불안은 잠시 접어 두고 잔뜩 주었던 힘을 뺐다. 시간 대비 효율을 따지면서 세웠던 계획을 조금 내려놓으니 일상이 또 다른 풍경으로 채워진다.

쓸모없는 시간도 쓸모 있다

아이가 소파에 걸터앉아서 창밖을 바라보는 모습을 종종 보게 된다. 때로는 모로 누워서 어디 한곳을 물끄러미 보기도 한다. 무슨 생각에 잠긴 것일까? 궁금증을 자아내지만 행여 방해가 될까 가만히 바라본다. 시간이 지나 그 시간에 대해 물어보면, "엄마, 나 이렇게 멍 때릴 때가 그냥 좋아, 편안해."라고 말한다. 그 조용한 시간 안에서 편안한 아이를 보고 있노라면 나도 마음이 고요해진다.

사실 쓸모에 맞춰서 사용하는 시간이 아닌 그저 그런 시간을 보내기는 쉽지 않다. 무엇을 하든지 결과물이 없으면 효율적으로 보낸 것이 아니라고 여기기 쉽다. 하지만 잘 알다시피 효율성과 창의성은 거리가 멀다. 그림책 작가 안 에르보는 인터뷰에서 아이가 몽상의 세계로 안심하고 떠나도록 허가하는 것이 어른이 해야 할 역할 중 하나라고 했다. 몽상은 창의성의 원천이기에.

그녀는 부모님께 '아무 쓸모없는 일'에 시간을 써도 불안하지 않은 사람으로 키워 준 것을 가장 감사하게 생각한다고 했다. 그도 그럴 것이 우리는 소소한 체험이나 놀이를 통해서도 결과물을 요구하고 유능하고 효율적인 사람이 되는 것을 강요한다. 그렇기에 그녀의 인터뷰 내용이 더 와닿았다. 도대체 유능함과 효율적인 사람이 되는 것은 누구를 위해서일까? 아마도 사회 부속품인 존재로 볼 때는 필수 요건일 테다. 나도 한때 무색무취의 시간을 보내고 나면 쓸모없이 시간을 보낸 것 같아 괜한 자책감에 빠지고는 했다. 하지만 그 시간만이 나만의 고유한 색을 발견할 수 있게 한다.

책을 읽다가 글을 쓰게 되었고 그와 연결된 직업을 가지게 되었으며 더 확장해서 책 쓰기까지 도전하고 있다. 무료함과 심심함을 극복하기 위해 무엇을 하면 즐거울지 생각하게 되었고, 어떤 것을 좋아하는지 알 수 있게 되었다. 그런 시간이 차곡차곡 쌓이면 내 고유성을 알아차릴 수 있다. 무엇을 좋아하고 사랑하는지 알면 자신만의 에너지를 장착할 수 있다. 이 에너지는 시간을 투입할수록 더 커지기 때문에 자신의 모습대로 살 수 있는 원동력이 된다.

마음의 공백은 생길수록 충만해진다

미래 사회, 인공지능 시대는 이미 코앞에 와 있다. 아이와 어른 우리 모두의 문제이기도 하다. 거창하게 미래 사회를 들먹거리지 않더라도 100세 시대에 나다움을 잃지 않고 살기 위해서는 어떻게 살 것인가를 고민해야 한다.

학원과 학원 사이 놀 틈 없는 아이들이 할 수 있는 놀이라고는 스마트폰 조작이나 게임이 유일하다. 학원 안 다니면 놀 친구가 없어서 친구를 만나기 위해 학원에 다니는 친구도 많다. 비단 아이들만의 문제가 아니다. 대부분의 시간을 스마트폰 세상에 빠져 지내고, 사람들과 연결되어 있지 않으면 우리는 불안하다.

세상의 리듬에 휩쓸리다 보면 우리는 어디로 표류할지 모른다. 이제라도 나의 고유함을 일깨우기 위해 무엇을 덜어야 할지 고민이 필요하다.

발터 벤야민은 깊은 심심함은 경험의 알을 품고 있는 꿈의 새라 부른 바 있다. 잠이 육체적 이완의 정점이라면 깊은 심심함은 정신적 이완의 정점이다. 단순한 분주함은 어떤 새로운 것도 낳지 못한다. 그것은 이미 존재하는 것을 재생하고 가속화할 따름이다. 벤야민은 꿈의 새가 깃드는 이완과 시간의 둥지가 현대에 와서 점점 사라져 가고 있다고 한탄한다. 이제 더 이상 누구도 그런 것을 '짜지도, 짓지도' 않는다.

– 한병철, 《피로사회》 중에서

그러기 위해서 아이에게, 또 우리에게도 깊은 심심함과 마음의 공백을 허용하면 좋겠다. 공백 속에서 자신만의 감각에 귀 기울여 보면 좋겠다. 세상의 리듬이 아니라 자신의 리듬으로 세상을 유영하는 사람으로 말이다. 다람쥐 쳇바퀴에서 내려와 깊은 심심함 속으로 뚜벅뚜벅 걸어가 조용히 응시하는 시간을 보내면 좋겠다.

언젠가는 조은 시인의 시처럼 꽃들이 햇살을 어떻게 받는지, 꽃들이 어둠을 어떻게 익히는지 외면한 채 한곳을 바라보다가는 고작 버스나 기다렸다는 기억에 목이 멜지도 모를 일이다. 그러니 삶이 웅덩이 물처럼 말라 버리지 않도록 마음의 공백을 만들고 그 안에 특별하고 멋진 자신을 채우면 어떨까.

엄마의 문장

아이에게, 또 우리에게도 깊은 심심함과 마음의 공백을 허용하면 좋겠다.
공백 속에서 자신만의 감각에 귀 기울여 보면 좋겠다. 세상의 리듬이 아니
라 자신의 리듬으로 세상을 유영하는 사람으로 말이다.

당신은
어떤 사람인가요?

민감한 우리는 부정적인 상황에 더 예민하게 불행한 감정을 느끼지만, 적절한 상황에서는 훨씬 더 큰 행복을 느낀다.

– 일자 샌드, 《센서티브》 중에서

"차분하고 미스터리하지만 매우 섬세한 감정 보유, 당신은 자신만의 환상의 세계에 대해 자주 꿈꾸곤 합니다. 자신만의 도덕적 원칙이 있으며, 분쟁을 피하려는 경향이 있죠. 현재를 즐길 줄 알며, 자신만의 공간을 중요시합니다."

얼마 전에 지인이 보내준 애플리케이션으로 집중 유형을 분석하는 검사를 했는데 이런 결과가 나왔다. 약식으로 진행된 심리 검사지만 단톡방에 있는 사람들 모두 자신을 잘 반영한 결과를 받아서 놀라웠다.

맞다. 나는 내 환상의 세계에 대해 자주 꿈꾸곤 한다. 가령 누군가 넓디넓은 서울 하늘 아래에 집 한 채 없음을 한탄할 때 나란 사람은 하늘을 보며 내 별자리가 있으면 좋겠다고 생각한다. 집문서 대신 별자리 타령이라니. 10대도 아닌 40대에 말이다. 세상의 리듬에서 본다면 늘 엇박자를 타는 사람이다.

세상을 쉽게 왕따시키는 이방인이기도 하다. 밤하늘의 별을 보며 저렇게 총총 별이 박혀 있건만 내 별 하나 없을까 생각한다. 아주 가끔은 내가 오롯이 산 흔적이 담긴 책을 내고 싶다는 생각이 막연하게 들기도 했다. 무심코 나의 흔적을 남겨 놓고 싶었다.

책을 낸다는 것은 저 밤하늘 별처럼 감히 가닿을 수 없는 것이라 여겨 꿈도 꿔보지 못했다. 시간이 흐르는 사이 나이를 먹고 무슨 일이든 나이 뒤에 숨을 수도 있건만 나는 계속 자라고 있었나 보다. 마음을 먹고 마음이 계속 자랐나 보다. 이토록 무서운 자가증식이라니.

책 쓰는 일을 욕망하고 꿈꾸고, 해 보겠다고 덤비고 있으니 다행이다. 몸이 늙고 굽어질지라도 내 안에 꼿꼿이 밖을 향해 뻗어가려 하는 것 있으니 얼마나 다행인가. 젊은 날엔 웅크리고 꿈쩍도 하지 않던 그 아이가 이제야 기운을 내고 고개 빳빳하게 들이밀고 있으니 나이 듦이 나쁘지 않다.

늘 등을 돌리던 몸과 마음이 이제야 마주 본다. 나이가 드니 참 좋다. 젊어서 딱히 없던 꿈과 기대가 소란스럽게 들락날락하며 들뜨게 하니 참 좋다. 나의 욕망은 늘 현실과 동떨어져 있지만 그게 바로 나란 사람이다.

나는 이런 사람입니다

나만의 도덕적 원칙이 있다. 거창하지는 않지만 살면서 중요하게 생각하는 점이다. 나는 보통 때는 사람과 관계 맺음에 유연한 편이라고 생각한다. 각자의 고유함이 어우러지면서 나라는 사람도 다양한 측면이 있다는 것을 발견하고, 각자 다른 빛깔로 발산될 때 그 순간이 참 근사하게 느껴진다.

하지만 조용히 단호할 때가 있다. 강한 자에게 약하고, 약한 자에게 강한 사람 앞에서다. 나는 그런 비겁한 사람을 싫어한다. 함부로 급을 매겨서 자신의 열등감을 누군가에 대한 우월감으로 해소하며 으스대는 사람, 편협한 기준으로 세상을 둘로 구분 지어서 우월한 쪽에 자신을 편성해 놓고 상대를 함부로 대하는 사람을 싫어한다. 조용히 안 본다. 이 세상에 함부로 대할 수 있는 사람은 아무도 없다. 이문재 시인의 말을 빌리자면 '어떤 경우에는 이 세상에 그저 한 사람에 불과하지만 그 사람이 누군가에게 세상 전부'일 수 있기 때문이다.

나는 현재를 즐길 줄 안다. 어쩌면 이 순간에 존재하려 애쓴다는 표현이 맞겠다. 현재에 충실한 나머지 자주 침잠해지고, 자주 울고, 자주 피곤해지고, 자주 좌절한다. 그런데 또 자주 밝아지고, 자주 웃고, 자주 벌떡 일어나고, 자주 시도한다. 쓰러지고 일어나는 빈도가 잦은 사람, 짧은 간격이지만 규칙적인 리듬의 소유자인 셈이다.

나는 나만의 공간을 중요하게 생각한다. 물리적이든 심리적이든 개인의 영역을 존중받길 바라고 나 또한 침범하지 않으려 한다. 개인의 영역이란 고유한 욕구, 관심, 활동, 행위 따위가 미치는 일정한 범위를 말한다. 나는 다분히 민감한 사람이라 내가 온전하기 위해서는 절대적으로 이 부분이 필요하다. 만약 누군가가 내 영역을 '무례하게' 침범하거나 존중하지 않을 때는(알면서도 밀어붙이는 사람에 한해서) 일순간 한 마리 승냥이로 사납게 변해 버리기도 한다. 세상에서 한 번도 만나지 못한 꼴을 보게 될지도 모른다. 하지만 다정하고 감동적인 침범은 언제나 환영이다.

나는 그런 사람이었습니다

아주 오랜 시간 나의 민감함 때문에 자존감이 낮았다. 늘 활기찬 모습으로 살아가기 위해 고군분투했다. 끊임없이 달라져야 한다고 생각하며 자신을 못마땅하게 여겼다. 타인의 기대에 맞추기 위해 노력했다. 그러나 이제는 안다. 어떤 면에 있어서는 남들보다 풍부한 자원을 가지고 있고 조금은 미스터리하지만 풍부한 내면의 세계를 가지고 있다는 것을.

관계에서 좋은 감정을 느끼는 순간임에도 쉽게 지치고 자주 혼자 있고 싶은 모습 때문에 스스로 문제가 있는 사람이라고 생각했다. 배터리가 빨리 소모되는, 고장 난 충전기가 된 느낌이었다. 나 자신의 못마땅한 점을 바꾸기 위해 많은 시간을 쏟았다. 나의 문제에 함몰되어 소중한 사람을 놓칠 때도 있었고, 많은 기회를 잃기도 했다. 하지만 그 헤매던 시간을 지나고 나니 나에 대해 조금 더 이해할 수 있게 되었다.

늘 생기 있고 활력 넘치는 사람들, 개방된 공간에서도 자기 할 일 다 하고, 스트레스에 대처하는 능력도 탁월한 사람이 있다. 그런 반면 자주 기가 빨리고, 자주 상처받고, 혼자인 공간에서 에너지가 충전되는 사람 또한 있을 수 있다. 나의 민감성에 대해 올바르게 이해하게 되면서 정상적인 것이 무엇인가에 대한 인식의 범위를 넓힐 수 있었다. 만약 나와 같은 사람이 있다면 일자 샌드의 《센서티브》를 읽어 보길 바란다. 나는 이 책을 '나 사용설명서'라고 생각한다.

오늘도 달렸다. 겨울이라 바람이 차가웠다. 만약 달리고 있지 않았다면 한없이 웅크리게만 하는 차가운 바람이었을 테다. 그러나 숨이 차도록 달리고 있으니 땀을 식히기에 더할 나위 없이 바람이 시원하다. 같은 바람이지만 인식하기에 따라 두 얼굴이 된다. 울퉁불퉁하고 불확실한 시간과 상황으로 이루어진 세상에서 유연하게 살아가기 위해서는 나에 대한 이해가 무엇보다 중요하리라.

이제 당신에게 묻고 싶다.

"당신은 어떤 사람인가요? 세상의 계급장 떼고서 말이죠."

엄마의 문장
늘 등을 돌리던 몸과 마음이 이제야 마주 본다. 나이가 드니 참 좋다.

흔들림 끝에 마주하는
단단한 나

너의 꽃 피는 모양새가
대고, 들고, 거리는 내 심장박동을 만들고
네가왈칵 꽃 필 때마다 내 가지는
소스라치게 당겨지는 손목이 된다.

- 이선영, 〈딸〉 중에서

　6세 반 수업을 할 때는 각별하게 사랑이 샘솟는다. 나는 가끔 선생님이 아니라 엄마처럼, 이모처럼 아이를 안을 때가 있다. 아이들을 보고 있노라면 연신 웃음을 머금게 된다. 아기 냄새가 가시지 않은 아이들과 그림책을 읽고 수업하는 시간은 부족했던 시간을 다시 채우는 시간이기도 하다. 사심 가득한 시간이다. "에구~ 우리 아가들~~." 하면 아이들은 이구동성으로 "저희 아가 아니거든요!" 하며 혀 짧은 소리로 대답한다. 그러면 또 귀여워서 눈에서 하트가 발사된다. 그야말로 사랑이 샘솟는 수업이 아닐 수 없다.

근래 사춘기가 온 딸아이를 보면서 마음이 싱숭생숭하다. 내가 알고 있던 아이가 맞나 싶기도 하다. 너무 배려만 하는 착한 사람으로 크지 않을까 걱정하기도 했건만, 그 걱정은 과감하게 접는 요즘이다.

보이는 대로 생각나는 대로 거르지 않고 자신을 무한대로 표출한다. 가끔은 자신이 본 엄마의 이중적인 면모도 거침없이 까발리며 공격한다. 우리 집 경제 상황에 대해서 뼈아픈 말들을 내뱉기도 한다. 이전까지 엄마만 자식에게 상처를 줄 수 있다고 생각했는데, 자식도 엄마에게 상처를 줄 수 있다는 것을 처음으로 알게 된 순간이었다.

기저귀 대신 생리대를 준비해 줘야 하는 그 아이를 보고 있노라면 아기였을 때 맹목적으로 사랑을 표현하며 안기던 그 시절이 사무치게 그리워진다. 아이는 이미 또 다음 성장 단계로 넘어가고 있는데 나만 구간 변경을 받아들이지 못하고 아이가 아기였을 때를 향해 뒤돌아 앉아 하염없이 바라만 보고 있다.

한 걸음 느린 사람

나란 사람이 그렇다. 오래 뒤돌아보는 사람이다. 늘 한 발 느리다. 생의 어떤 구간에서 다른 구간으로 넘어갈 때나 어떤 시절에서 다른 시절로 전환될 때, 사람 사이 관계에서도 변화를 쉽게 받아들이지 못하는 사람이다. 문제는 아무도 모르게 마음에 두고 오래 그리워한다는 점이다.

그런 마음을 알아채는 사람은 없을 것이다. 이런 마음을 들키는 것이 이상하게 싫다. 하지만 아이에게만은 어른스럽게 널따란 품으로 품고 싶은데 다 자라지 못한 내 안의 유아기적인 내가 똑같이 토라지고, 똑같이 되받아치고 있다. 상처를 주거니 받거니.

그 당시에는 보이지 않던 것들이 되돌아보면 보이곤 한다. 예전에 찍었던 아이들 동영상을 보고 있을 때면 낯 뜨거워지고 첫째에게 미안하다. 나의 영상은 언제나 둘째를 향해 있고 첫째는 끊임없이 엄마를 불러대고 있다. 제대로 답도 해주지 않고 그저 둘째의 행동에 연신 감탄하는 내 모습을 그때는 인지하지 못했다. 뒤늦게 첫째의 결핍을 보게 된다.

태어날 때부터 조금 아프게 태어난 둘째에 비해 야무지고 말도 빨랐던 첫째라 일찍 다 큰 아이 취급을 하고 혼자 다 하길 바랐다. 고작 서너 살이었는데 말이다. 엄마가 세상 전부였던 시절에 세상에서 밀려난 아이의 마음을 제대로 어루만지지 못했다.

어느새 그 아이는 홀로 안으로 밖으로 자라서, 자신의 작은 신체에 다 담기지 못하고 저도 모르게 주체할 수 없이 흘러넘치고 있다.

존재와 존재의 이어달리기

내가 안으려고 하면 딸아이는 엉덩이를 뒤로 쭉 빼고서야 겨우 잠깐 안긴다. 그것도 기분 좋을 때 한해서. 이제라도 품고 싶은 어미의 행동을 아이는 새삼스러워하고 때론 귀찮아한다. 폭 안기지 않는 아이를 한 단계 성장했다고 봐야 하는데, 알면서도 서운하다. 정말 뒷북치는 일이 전문인 엄마가 아닐 수 없다. 그래, 이제는 그 아이가 원하는 방식으로 사랑을 말해야겠지.

다시 처음으로 돌아와서 6세 반 아이들을 보고 있노라면 6세도 이렇게 아이라는 걸 새삼 느낀다. 큰 아이를 다시 마음껏 안지 못하는 마음을 아이들 수업을 하면서 채우고 있다. 지난 시간 딸에게 주지 못했던 다정함으로, 사랑으로 아이들을 대하게 된다. 그러면서 다 보내지 못하고 미련이 남은 딸아이의 어린 시절을 이렇게 보내고 있다.

한 시절이 가고 또 다른 시절이 오는 것. 영영 멀어져 만나지 못하는 시절의 것들. 잃어 버린다고 말해야 할지, 쌓여 가고 있다고 말해야 할지, 흘러간다고 말해야 할지 아직 모르겠다. 다만 조금 쓸쓸하고 먹먹하다.

나는 얼마나 더 자라야 이런 마음에서 무뎌질까. 생의 구간마다 찾아오는 혼돈 속으로 "춤추는 별을 잉태하려면 내면의 혼돈을 지녀야 한다."라는 니체의 말이 뚜벅뚜벅 나에게 걸어온다. 구간마다 혼돈을 거치며 나와 아이는 또 다른 존재로 나아가고 있는 중일 테다.

엄마의 문장

아이는 이미 또 다음 성장 단계로 넘어가고 있는데 나만 구간 변경을 받아들이지 못하고 아이가 아기였을 때를 향해 뒤돌아 앉아 하염없이 바라만 보고 있다.

엄마에게
개인주의를 권함

자기 일을 남에게 존중받고 싶고 남에게 대접받고 싶
은 것만큼 남에게 대접하는 게 옳고, 남에게 당하기 싫
으면 남한테 그러지 않는다는 가하는 아주 기본적인
개념 있잖아요. 평등 개념이라고 할까.

– 박완서, 《박완서의 말》 중에서

결혼하고 아이를 키우면서 가족 구성원이 모두 건강한 개인주의
자여야 한다고 생각했다. 서로의 경계가 없이 돈도 마음도 다 섞여
서 뭉뚱그려진 채 '가족이니까'로 묶일 때, 수없이 뭉개지는 경험을
했다.

직장을 그만두고 아이를 키울 때 보는 김에 조카까지 보는 것은
어떻겠냐는 요구를 한다거나, 과도한 명절 노동을 받아들이지 않을
때 개인적이라는(세상에 없을 이기적인 사람이란 뜻이 담긴) 말이 여지없이
돌아왔다. 그제서야 모두에게 건강한 개인주의가 필요하다는 자각

이 일었다. 나는 집단주의적·가족주의적 문화가 한국 사람들을 불행하게 한다는, 그런 거창한 말을 하는 것이 아니다. 가족이지만 서로가 개별적인 존재임을 인정하고 존중하면 좋겠다는 이야기다.

부모님께서 베풀어 주신 은혜에는 늘 감사하고 배로 보답하고 싶다. 감사한 마음을 지키기 위해서라도 개인주의적이 되어야 한다고 생각한다. 요구해서 베푸는 것이 아니라 우러나는 감사의 마음을 기꺼이 표현하고 싶다. 동의하지 않는 일을 강요 받는 것도 물론 싫지만, 자발적으로 잘하고 싶은 마음을 훼손 받는 일도 싫기 때문이다.

행복 앞에서 주체적인 삶

내 옆 사람도, 내 아이들도 행복 앞에서 주체적이면 좋겠다. 나의 행복을 밀쳐놓고 네가 행복해야 내가 행복하다는 식은 좀 곤란하지 않을까? 아이들이 자라면서 같이 행복한 시간을 보내는 것 외에 각자 행복한 일을 하는 것도 중요한 일이다. 그렇기에 행복을 유예하는 모습을 의식적으로 경계했다. 아이들이 자신의 행복을 유예하는 것을 원치 않고, 보고 자란 마음에 괜한 부채감을 남기고 싶지 않기 때문이다.

부모는 그 자체로 아이들의 정서적 환경이라고 생각한다. 나 자신에게 좋은 나일 때 아이들에게 좋은 영향을 줄 수 있다. 그래서 좋은 것을 취하는 것에 양보 없이, 기꺼이 달려드는 모습이 연출되기도 한다.

나에게 좋은 것이란 아무리 바빠도 혼자 있는 시간을 확보하는 일이다. 카페에서 커피 한잔에 책을 읽으며 시간을 보낸다든지, 조조 영화를 본다든지, 혼자 등산한다든지 오직 나를 위해 시간을 들이는 것이다. 내가 좋아하는 곳에 나를 데려가고, 먹고 싶은 것을 먹으러 가고, 만나고 싶은 사람을 만나는 것이다. 시간의 지분을 가지고 내가 허락한 그 시간만큼은 최대 주주가 되는 행동이다. 시간을 그저 소비하는 것이 아닌 내가 머물고 충전할 수 있는 회복의 시간을 확보하는 일이다.

당신은 특별한 사람

혼탁한 물을 맑게 하는 방법은 계속 맑은 물을 붓는 것이라고 한다. 나에게 맑은 물을 붓는 시간. 나에게 꼭 알맞은 연료로 충전해서 기운차게 살아갈 힘을 길어 올리는 시간, 엄마의 개인주의를 위해 셀프 주유가 필요하다. 나의 셀프 주유 목록에는 독서 모임도 있는데 나의 변화와 성장에 가장 큰 영향을 미친 것으로 꼽을 수도 있다. 육아와 집, 일로 채워졌던 일상에서 선택할 수 있는 가장 능동적인 행동 중의 하나였다.

혼히 인간을 바꾸기 위해서는 시간, 사람, 장소를 바꿔야 한다고 한다. 일본의 경제학자 오마에 겐이치가 한 말인데 자기 계발을 하는 사람들이라면 한번쯤 들어봤을 것이다. 나는 엄마의 개인주의 생활에도 이 말이 적용된다고 생각한다. 한 번에 사는 곳을 바꾸기도, 시간을 다르게 쓰기도 힘들다. 만나는 사람을 바꾸기도 쉽지 않다. 그런 엄마들에게 독서 모임은 새로운 사람들을 낯선 장소에서 만나 새로운 에너지를 얻는 기회가 된다. 조금 다른 삶의 단면을 축소판으로 체험할 수 있다.

인생을 한 번에 바꾸기는 어려워도 하루에 한 시간은 바꿀 수 있다. 달라지고 싶은 전체의 모습에서 한 조각씩만 다르게 살아보는 거다. 그 조각이 모여서 어떤 그림이 그려질지는 아무도 모른다.

자신이 개선하고 싶은 것이 있으면 일단 그쪽으로 행동반경을 넓히고 뚜벅뚜벅 걸어가 보는 거다. 낯선 사람들과 만나면 전에 없던 활력이 솟아오를 것이다. 낯선 장소에서 새로운 사람들과 책에 비추어 자신의 이야기를 나누다 보면, 사람마다 얼마나 개별적인 서사를 가졌는지 인식의 범위를 넓힐 수 있다. 나만 겪는다고 여기던 불행도 같이 어우러진 이야기 속에서는 그럴 수도 있구나 하며 모두가 다른 모습으로 힘든 짐을 지고 살아가고 있다는 이해가 생긴다. 아무것도 아니라고 생각했던 자신의 모습이 특별한 고유함이라는 것을 발견할 수도 있다.

흔들리고 있다는 마흔의 고백

어느 독서 모임에서 마흔을 바라보며 흔들리는 자신의 모습을 누구에게도 들키고 싶지 않다고 열정적으로 털어놓는 이를 보았다. 독서 모임에 오기 전 한 달 전부터 날짜와 시간을 냉장고에 크게 써 붙여서 가족들에게 미리 공지했다고 한다. 남편이 일정이 생기면 잡았던 약속도 없던 일이 되니 이번엔 아예 쐐기를 박았다고 했다. 그녀의 이야기는 육아와 나 사이 그리고 마흔을 앞둔 헤맴의 이야기가 대부분이었지만 화통하고 유쾌하게 자신을 설명하는 모습에 모두 크게 웃었다. 그녀의 이야기를 들으면서 누구나 흔들리고 있구나, 나만 힘든 시간을 건너는 것이 아니구나, 안도감에 조이고 있던 마음을 풀 수 있었다.

그녀는 마흔의 방황으로 몸과 마음이 송두리째 흔들리고 있었다. 그것이 탄로 날까 두렵다면서 어떻게 하면 단단한 사람이 될 것인가에 대한 질문을 가졌다고 했다. 그런 들키고 싶지 않은 이야기를 누구나 잘 알아들을 수 있게 설명하는 모습이라니. 그녀는 이미 단단해 보였다.

방황을 온전히 느끼고 그것을 해결하기 위해 스스로에게 질문하는 것은 누구보다 건강하다는 신호이지 않을까. 얼마 지나지 않아 그녀의 방황도 잦아들 것이다. 질문을 품고 있으니 답도 찾을 수 있을 것이다. 사람들은 대부분 자신의 방황을 제대로 인식하지 못하고 쇼핑이나 여행을 하면서 잠시 기분 전환으로 자신의 방황을 온전히 겪어 내려 하지 않는데 그녀는 달랐으니까.

방황의 끝에서

모든 감정은 옳고 이유가 있듯 모든 방황도 옳다. 그 방황에 기꺼이 응답하다 보면 내가 이르고 싶은 곳에 도착해 있을 것이다. 방황이 손짓하는 곳으로 가 볼 일이다. 부단히 새로운 것을 경험하며 그 방황을 온전히 겪은 건강한 엄마 개인주의자가 되면 좋겠다. 《고통은 나눌 수 있는가》에서 고통은 동행을 모른다는 말이 나온다.

내가 내 고통의 곁에 서게 됨으로써 동행하는 이들과 이야기를 나눌 수 있고, 그 이야기를 통해 자신과 세계에 대해 새로운 것을 발견하고 그것을 재밌어할 수 있게 된다.

— 엄기호, 《고통은 나눌 수 있는가》 중에서

내가 나의 방황이나 고통에 동행하지 않는다면 내 곁의 소중한 아이들과 가족, 나아가 나와 관계 맺고 있는 사람들이 내 고통과 동행해야 한다. 그들이 내 고통과 동행한다면 과연 행복한 관계가 지속될까? 이것이 나의 행복도, 나의 방황도 그대로 응시하고 직면할 수 있는 건강한 개인주의자가 되어야 할 이유겠다.

네가 행복해야 내가 꼭 행복한 것이 아니듯, 내 고통에 네가 아프다고 내가 덜 아픈 것도 아니다. 나의 행복한 기운이 전해져 너의 행복에 더해진다면 더할 나위 없이 좋고, 고통을 겪어 본 마음으로 고통과 함께하고 있는 네 곁에 있을 때 너에게 위로가 되는 존재가 되리라.

이런 마음으로 엄마의 개인주의를 권한다.

엄마의 문장

방황을 온전히 느끼고 그것을 해결하기 위해 스스로에게 질문하는 것은 누구보다 건강하다는 신호이지 않을까.

모두가
주인공이 되는 시간

당신 참 애썼다.
사느라. 살아 내느라 여기까지 오느라 애썼다.
부디 당신의 가장 행복한 시절이 아직 오지 않았기를
두 손 모아 빈다.
　　　－ 정희재, 〈어쩌면 내가 가장 듣고 싶었던 말〉 중에서

"우리 산에서 시도 읽고 그러면 좋겠다."

남한산성에 사는 기타 치는 에세이스트이자 세 딸의 엄마와 이야기 나누다가 무심코 나온 말이었다.

어느 날, 가을 초입에 그녀에게 연락이 왔다.

"가을 좋은 날에 하루 걷고 시 읽고 노래하는 시간을 같이 만들면 어떨까요?"

안 할 이유가 없었다. 오랫동안 아이들과 숲속의 시 낭독회를 기획했지만 제대로 진행되지 못한 아쉬움이 있었기에 덥석 함께하자고 했다.

생각만 해도 낭만적인 그림이었다. 우리는 그 그림을 좀 더 세심하게 그리면서 준비해 나갔다. 준비 과정에서 이미 낭만적인 열매가 맺혔다. 연애 시절로 돌아간 듯 쉴 새 없이 이어지는 이야기가 있었고, 설렘을 구체적인 사건으로 만들기 위해 자신에게, 서로에게 귀 기울이던 모든 시간이 아름다운 추억으로 남았으니.

모두를 위한 낭만 피크닉

'낭독과 만남이 있는 낭만 피크닉'은 함께 단풍나무 숲을 거닐고, 각자 마음속에 품은 한 구절에 자신의 이야기를 더하며 내 안에서 우러나오는 한 문장을 써 보는 시간으로 구성했다. 있는 그대로 자신의 모습을 머금는 시간, 자신에게 '나'를 선물하는 시간이길 바랐다. 일상에서 벗어나 잠깐의 자유를 찾아 오시는 분들께 숲에서 함께 웃고, 즐기고 공명하며 나를 만나는 시간을 선물하고 싶었다.

멀리 대구에서 오신 분, 인제에서 오신 분, 연차를 쓰고 오신 분, 아이들 어린이집 보내고 달려오신 분 등 거리와 나이를 넘어서 다양한 분들이 자리해 주셨다. 우리는 함께 단풍이 물든 숲길을 지나 우리만의 시간 속으로 걸어갔다. 곧 낭만적인 플룻과 기타의 하모니로 '10월의 어느 멋진 날에' 낭만 피크닉이 시작되었다.

숲속에 마련된 의자에 앉아 각자의 한 구절을 말하는 시간에는 예상치 못한 뜨거움이 일었다. 처음 가지는 자신만의 무대라며 누군가의 눈시울이 붉어질 때면 같이 눈물이 그렁그렁해졌다. 저 자리는 눈물의 자리인가, 사느라 살아 내느라 하지 못했던 자신의 이야기를 한 줄 문장에 기대어 꺼냈다. 수줍게 노래를 부르기도 했고, 담담하게 "내가 참 좋다."라고 말했고, 지나온 시간 동안 함께한 노래 가사를 읊기도 했다. 또 누군가는 뜨겁게 열창을 했다.

내가 힘들고, 외로워질 때 내 애길 조금만 들어준다면
어느 날 갑자기 세월의 한복판에 덩그러니 혼자 있진 않겠죠.
큰 것도 아니고, 아주 작은 한 마디, 지친 나를 안아 주면서
사랑한다. 정말 사랑한다는 그 말을 해 준다면
나는 사막을 걷는다 해도 꽃길이라 생각할 겁니다.
우린 늙어가는 것이 아니라 조금씩 익어가는 겁니다.
저 높은 곳에 함께 가야 할 사람 그대뿐입니다.

— 노사연, 〈바램〉 중에서

우리는 함께 뜨겁게 열창하며 같이 눈물을 훔쳤다. 다 알지 못하지만, 그 시간이 어렴풋이 그려져 함께 북받쳤다. 웃는 얼굴 속에서 '아, 이것으로 되었다. 우리가 주고 싶은 모습 그대로 되었다.' 하며 연신 되뇌는 시간이었다. 그야말로 누구 하나 같은 사람 없이 다양한 서사가 있었고, 대중가요 가사부터 니체의 말까지 넘나드는 시간이었다. 마음을 열고 서로 바라보는 시선의 포옹이 머무는 시간이었다.

내면과 만나던 날

나는 숲을 거닐고, 낭독 시간을 지나, 나를 만나는 시간을 진행하기 위한 안내자로 나섰다. 밤송이 속 알밤 같던 내가 가시 껍질, 딱딱한 껍질, 떫은 껍질을 하나하나 벗겨 내던 시간을 나누었다. 나의 껍질을 벗고 그 자리를 기획하고 그 자리에 있기까지 자신을 바라보았던 시간에 대해 말했다. 내면과 연결하는 시간이 필요하다고. 자신의 존재에 스스로 빛을 비추어 거듭날 때 우리는 세상에 자기만의 고유한 꽃으로 필 것이라고 말해주고 싶었다.

나의 이야기에 이어서 자신의 내면에 떠오르는 생각과 감정이나 격려의 말들, 무엇이든 자신의 언어로 한 문장씩 적어보며 우리의 숲속 시간을 '낭만적으로' 마무리했다.

그날, 우리들의 이야기는 그 시간을 지나고도 오래 이어졌다. 어쩌면 거대한 삶 속에 우리를 일으키게 하는 것은 따뜻한 포옹과 작은 한 마디처럼 실은 아주 사소한 것일지도 모르겠다. 부디 짧은 시간 주인공이 되어 느꼈던 감각을 잊지 말고 계속 주인공으로 살기를 바란다. 누구보다 자신에게 따뜻한 사람이 되길 바라본다.

엄마의 문장

내면과 연결하는 시간이 필요하다고. 자신의 존재에 스스로 빛을 비추어 거듭날 때 우리는 세상에 자기만의 고유한 꽃으로 필 것이라고 말해주고 싶었다.

삶이 자꾸
말을 걸어올 때

삶이 우리에게 주려는 것이 우리가 스스로 얻어낼 수
있는 것보다 더 많을 수도 있지 않을까?
- 마이클 A. 싱어, 《될 일은 된다》 중에서

꿈의 동지인 '나날' 곽진영 작가의 책 《우리는 숲에서 살고 있습
니다》가 세상에 나오기 전에 원고를 볼 수 있는 기회가 생겼다. 덕
분에 원고가 책으로 나오기까지 전 과정을 눈앞에서 지켜봤다.

원고를 보니 책에 담으려는 작가의 이야기를 오롯이 이해할 수
있었다. 원고를 읽으며 그녀의 이야기가 지면에 온전하게 옮겨졌
는지, 의도치 않게 오해를 살 수 있는 부분은 없는지 독자의 입장에
서 읽고 덜어 내는 과정을 함께했다.

그러던 어느 날 연락을 받았다.

"길 쌤, 책에 추천사 부탁 드려도 돼요?"

생각지도 못한 제안. 그 제의는 나에게 아주 특별했다.

곽진영 작가가 쓴 책은 육아 전투를 끝낸 시점의 내게는 마치 '엄마 성장학개론' 같았다. 어떤 책이든 자신의 삶과 살이 맞닿는 부분에서 마음이 서고 나를 비출 수 있는 도구가 된다. 마지막 원고를 덮는데 원고가 나에게 말을 걸어왔다.

'당신의 삶을 위해 당신은 어떤 선택을 할 것인가?'

그 질문에 대한 답을 찾고 있을 찰나에 추천사를 쓸 수 있냐는 연락을 받았던 것이다. 삶이 자꾸만 질문을 걸어오는 지점이 있을까? 마흔 언저리의 경험에는 늘 질문과 선택이 동반되었다.

추천사라고 하면 저명하신 분들이 책에 힘을 실어 주기 위해 쓰는 것 아닌가? 난 보통 엄만데 써도 될까? 어떤 선택을 할 것인가?

결국 추천사를 쓸 용기를 내는 것으로 구체적인 답을 낼 수 있었다. 다가오는 질문에 어떤 선택으로 답하는 것. 자잘한 순간마다 선택한 답이 이어지는 길은 마지막에는 나에게 이르는 길이겠다.

그 길을 뚜벅뚜벅 걷다 보니 길 위에서 누군가가 손을 내밀어 중

심부로 끌어 주었다. 그녀를 통해 '답정너' 선택지에 답지까지 첨부
해서 준 기회라고 생각했다. 운 좋게 나는 기회를 잡았고 나 자신에
게 더 가까이 가게 되었다.

내 부캐는 작가

온라인에서 '글리움'이라는 필명으로 글을 올리고 있다. 나란 사
람은 어떤 것이든, 어떤 사람을 만나든 한 번 좋아하면 많이 좋아하
고, 깊이 좋아한다. 좋아하는 시간도 길어서 늘 떠나보내는 일에 서
툴다. 태어났을 때 지어진 이름 말고 세상의 단어 중 내 이름을 선
택할 수 있다면 '그리움'이겠다고 생각했다.

그런 마음으로 내가 쓴 글에 그리움을 담아 필명을 지었다. 요즘
연예인들에게 '부캐'가 있듯이 글리움은 나의 부캐인 셈이다. 엄마
로 존재하는 한편 원하는 일을 하는 나로도 살고 싶었다. 내가 원하
는 것은 나라는 사람을 글로 스케치해서 세상에 나를 세워 놓는 일
이다.

나날 곽진영 작가는 책 출간 이후 '엄꿈독(대구 엄마들의 꿈을 찾는 독
서 모임)'에 초청을 받았다. 마침 나도 시간을 낼 수 있는 상황이 되어
따라가겠다고 나선 참이었다. 기차 여행 가듯 그간 보고 싶었던 사
람들도 만나는 즐거운 상상을 하면서 룰루랄라 들떠 있었다.

그런데 느닷없이 추천사를 썼던 마음에 관해 간단히 들려 달라는 요청을 받았다. 깃털처럼 가볍던 마음이 급하게 긴장 상태로 바뀌었다. 나와 다르지 않은 엄마들에게 어떤 말을 할 수 있을까? 게다가 북토크 장소에 생각보다 큰 무대라서 깜짝 놀랐다. 큰 무대에 선 경험이 없는 나에게 또 하나의 선택과 도전이었다.

나는 나와 같은 엄마지만, 꿈을 찾겠다고 책을 보면서 자신의 지분을 지켜나가는 엄마들 앞에 섰다. 숨을 가다듬고, 있는 그대로의 내 모습을 이야기했다. 무대에 서기 전까지 글을 쓰는 직업과 전혀 동떨어진 삶을 살았지만 글 쓰는 삶을 포기하지 않았다고. 꾸준히 글 쓰며 살다 보니 보통의 엄마지만 내가 경험한 삶을 재료로 출간 작가로, 또 평생 시인으로 살고 싶은 꿈이 생겼노라 이야기했다.

떨리는 마음으로 진심을 다해 말했다. 도망가고 싶은 순간을 마주할 때마다 《될 일은 된다》라는 책에 나오는 말처럼 나에게 밀려오는 상황을 기회로 여기면서 살고 있다고 전했다. 지금의 작은 선택이 그리는 모습으로 가는 디딤돌이 될 거란 말과 함께. 떨리는 마음을 붙들고 내맡기고 있는 그 순간을 지금 눈앞에서 목격하고 있노라고 덧붙였다.

무대에서 이렇게 말하고 얼마 지나지 않아 거짓말처럼 나는 출판 계약을 했다.

나에게만 옹호할 것

내가 나에게 시간을 들이는 순간부터 질문이 자꾸만 들러붙기 시작했다. 얼마 전까지만 해도 상상하지 못할 곳에 있는 경험을 하면서 든 생각이다. 다가오는 질문을 지나치지 않고 숙고한다면 삶은 내 편이 된다. 설령 실패해도 그 의미를 붙잡고 내 편으로 해석할 수 있다. 내가 나에게만은 유일한 옹호자가 되고, 세상의 잣대에서 벗어나 어제의 내가 오늘의 나에게 유일한 잣대가 되는 것이다.

진부하기 짝이 없는 이야기라고 생각할지도 모른다. 하지만 모든 진리는 진부함 속에 있다. "에이, 진부해. 누가 몰라?" 하고 지나쳐 버린다면 정말 진부한 사람이 된다는 것을 오랜 시간을 돌아오면서 알게 되었다. 진부함 속에서 특별한 선택을 하면 '진부함'이라는 세 글자는 '특별함'이 된다. 내게 오는 질문을 외면하지 않고 진부하다고 지나쳤던 것에서 길을 찾으려고 애쓰다 보면 비로소 알 수 있다. 모든 진리는 내가 아닌 남에게 접속되어 있는 사람 눈에만 진부하게 보인다는 것을.

더 나은 선택을 하기 위해서 자신에게 집중하는 시간이 무엇보다 중요하다. 달리기를 하다 보면 마음속 깊이 안 가본 곳까지 가는 경험을 하게 된다. 책을 읽으면서도 그 책이 나를 비추기 위한 도구가 되고, 글쓰기도 내 마음을 받아 적는 시간이 된다. 수많은 선택의 순간에 나에게 옳은 선택을 하기 위해서는 나와 연결될 필요가 있다. 그렇게 깊이 사색해야 한다.

다시 앞으로 가서 말하자면 육아 에세이의 독자인 보통 엄마의 추천사가 저명한 육아 전문가, 교육 전문가가 하는 말보다 어쩌면 특별할 수 있는 것처럼, 보통의 우리에게도 그렇다. 멀리에서도 빛나는 사람을 통해 삶의 궤적을 그려볼 수는 있겠지만 실상 오늘의 나를 자극하고 움직이게 하는 것은 내 앞에 한발 앞서가는 사람, 관성에서 한발 벗어난 사람일 것이다. 한 걸음 앞서서 나에게 좋은 선택의 기회를 주는 사람이 있으니 이 또한 얼마나 큰 행운인지 모른다. 다음은 내 마음의 큰 울림을 주었던 마이클 A. 싱어의《될 일은 된다》구절이다.

삶의 흐름을 탄 이후부터 거듭 목격한 것은 적재적소에 딱 맞는 사람이 나타나곤 하는 현상이었다. 모든 사건들이 완벽하게 펼쳐진다.

오늘 하루는 내 선택의 결과
일어나면서부터 선택은 시작된다. 핸드폰을 볼 것인가, 기지개를 켤 것인가, 일어나서 양치하러 갈 것인가 등 하루에 수도 없이 선택하면서도 선택이라 생각하지 못한다. 숨 가쁘게 밀려간다고만 생각한다. 그러나 선택하지 않는 것 또한 내 선택이다.

하루가 작은 선택으로 이루어진다는 사실을 깨닫는 순간부터, 밀려가는 대신 유영할 수 있다. 너무 커다란 일은 한순간에 일어나지 않는다. 높은 뜀틀을 뛰어넘기 위해서는 구름판에서 힘차게 발돋움해야 한다.

진부하기 짝이 없는 이야기를 또 하고 있지만 어쩔 수 없다. 삶의 다음 단계를 위해서는 잦은 발돋움을 기꺼이 해야 넘을 수 있다는 말은 진리이니. 보통 엄마로서 추천사를 쓰는 마음은 힘차게 구름판을 딛는 마음이었다. 이 짧은 글 속에 선택이란 단어가 22번이나 나왔다. 그러나 하루 종일 하는 선택의 횟수보다 적은 숫자일지도 모른다.

⌒

엄마의 문장

내게 오는 질문을 외면하지 않고 진부하다고 지나쳤던 것에서 길을 찾으려고 애쓰다 보면 비로소 알 수 있다. 모든 진리는 내가 아닌 남에게 접속되어 있는 사람 눈에만 진부하게 보인다는 것을.

단단한 마흔,
나를 되찾은 여정의 끝

매일 비슷한 하루를 살아가고 있습니다. 렌즈를 당겨서 바라보면 나날이 그렇고 그런 날 같습니다. 하지만 렌즈를 줌아웃 하고 조금 너른 시각으로 바라보니 삶의 각도가 달라집니다. 어느새 만나는 사람과 머무는 장소, 움직이는 시간, 하는 일이 달라져 있었습니다.

집안의 착한 딸로 컸고 퇴직 전에 결혼해야 한다는 아버지의 말씀에 순순히 결혼하고 아이를 낳은 뒤, 엄마와 여자 사이 어디쯤에 머물렀습니다. 그러나 그때의 제 모습 어디에도 '나'는 없다는 것을 알게 되었습니다.

예민한 아이와 건강하지 못했던 아이를 돌보는 과정에서 치열하게 나를 지키려고 했습니다. 그 과정에 있었기에 저는 수술실 간호사에서 서울 사교육 1번지의 논술 교사로 경력 환승에 성공했습니다. 또 이번에는 신인 작가로서 밥 대신 글밥 짓는 일에 마음을 빠트리고 살고 있습니다.

세상이 바라는 좋은 사람, 좋은 엄마로 살다 보니 자신과 불화를 겪게 되었습니다. 불화의 정점은 마흔 즈음에 찾아왔습니다. 나와 불화하니 세상과도, 사람과의 관계도 다 편치 않았습니다. 모든 것에서 고립된 순간 삶의 항로를 바꾸기로 했습니다.

항로를 바꾸는 데 필요한 것은 사색, 즉 나에게 온전한 시간을 허용하는 일이었습니다. 달리면서 체력을 길어 올렸고, 이해할 수 없는 것들을 삼켜야 할 땐 책을 읽었습니다. 너무나 외로울 땐 글을 쓰며 나 자신과 가까워졌습니다. 그렇게 저는 단단한 사람으로 거듭나고 있습니다.

징징대며 불행 노래를 부르던 한 여자는 이제 누군가에게 마음속 이야기를 전할 수 있는 사람이 되었습니다. 딛고 있는 땅이 흔들릴 때, 나를 덮칠 듯한 불행의 순간에는 여전히 자주 넘어지지만 또 그만큼 자주 일어나는 사람이 되었습니다. 그리고 그 넘어지는 경험을 배움으로 바꾸는 사람이 되고 있습니다.

남자와 여자 모두 마흔이라는 같은 시간을 건너지만 체감 온도는 다르다고 생각합니다. 시대가 달라졌다고는 하지만 남자의 마흔에는 세상이 보여 주는 구체적인 호응이 있습니다. 그렇다면 여자의 마흔은, 치열한 육아 현장에서 한숨 돌렸을 때 내가 사라졌다는 것을 뒤늦게 알아채는 그 서늘함의 빈자리는 어떻게 채워야 할까요? 어떻게 살아야 할 것인가, 나는 누구인가, 이러한 큰 물음이 우리를 뒤척이게 합니다.

큰 질문 앞에서 눈 감고 도망치고 싶은 순간도 많았지만 매일 해가 뜨는 것처럼 끈질기게 하루가 도착해 있었습니다. 객관식이 제일 편하던 사람이지만 주관식 문제를 풀기 위해 끙끙대며 답을 찾았습니다. 그 질문에 답을 찾다 보니 또 다른 열차에 몸을 싣고 있는 자신을 발견합니다.

이 책에는 경력 단절 엄마에서 논술 교사로, 그리고 다시 작가로 삶의 다음 단계를 위해 발돋움하는 여정을 담았습니다. 혹시 마흔 언저리에서 소리 없이 앓고 계신다면 제 글이 따뜻한 밥 한 끼 같은 글이 되길 바랍니다.

지난 가을에 아이들과 나뭇잎 색깔이 변하는 이유에 대해 수업을 했습니다. 나무의 성장기가 지나면 녹색을 띠는 엽록소가 필요하지 않아서 점점 분해되고 옅어지며, 그동안 가려졌던 빨간색, 노란색, 주황색 등의 색소가 나타나 알록달록 색깔을 띠게 된다는 내용이었습니다. 가을에는 녹색이 짙은 여름에는 보이지 않던 자연의 색이 저마다 곱게 뽐을 냅니다.

가을처럼 저는 이제야 고유의 색을 발하고 있습니다. 이 책을 통해 아직 엽록소에 가려져 발하지 않은, 무수히 많은 고유한 색이 당신의 계절을 만나 아름답길 바랍니다.

[부록] 참고한 책들

이 책에 인용된 책으로 가나다 순으로 나열했습니다.

《10년 후, 우리 아이의 직업이 사라진다》, 후지하라 가즈히로, 21세기북스, 2018

《60조각의 비가》, 이선영, 민음사, 2019

《고통은 나눌 수 있는가》, 엄기호, 나무연필, 2018

《그리고 아무 말도 하지 않았다》, 전혜린, 민서출판사, 2004

《글쓰기의 최전선》, 은유, 메멘토, 2015

《꿈틀꿈틀, 오늘도 자유형으로 살아갑니다》, 착한재벌샘정, 더메이커, 2020

《나는 불완전한 나를 사랑한다》, 브레네 브라운, 가나출판사, 2019

《나를 믿어주는 한 사람의 힘》, 박상미, 북스톤, 2016

《나혜석, 글 쓰는 여자의 탄생》, 나혜석, 민음사, 2018

《너의 아름다움이 온통 글이 될까봐》, 고은강 외, 문학동네, 2017

《노래의 자연》, 정현종, 시인생각, 2013

《눈앞에 없는 사람》, 심보선, 문학과지성사, 2011

《다보탑을 줍다》, 유안진, 창비, 2014

《달리기를 말할 때 내가 하고 싶은 이야기》, 무라카미 하루키, 문학사상사, 2009

《당신이 글을 쓰면 좋겠습니다》, 홍승은, 어크로스, 2020

《될 일은 된다》, 마이클 A. 싱어, 정신세계사, 2016

《딸에게 보내는 심리학 편지》, 한성희, 갤리온, 2013

《말하기 힘든 것에 대해 말하기》, 우치다 타츠루, 서커스, 2019

《문해교육》, 파울로 프레이리, 학이시습, 2014

《박완서의 말》, 박완서, 마음산책, 2018

《반고흐, 영혼의 편지》, 반 고흐, 예담, 2005

《방랑자들》, 올가 토카르추크, 민음사, 2019

《비에도 지지 않고》, 미야자와 겐지, 그림책공작소, 2015

《뼛속까지 내려가서 써라》, 나탈리 골드버그, 한문화, 2018

《새는 날아가면서 뒤돌아 보지 않는다》, 류시화, 더숲, 2017

《새에 대한 반성문》, 복효근, 큰나, 2000

《센서티브》, 일자 샌드, 다산지식하우스, 2017

《쉿, 나의 세컨드는》, 김경미, 문학동네, 2006

《슬픔을 공부하는 슬픔》, 신형철, 한겨레출판, 2018

《시로 납치하다》, 류시화, 더숲, 2018

《아픔이 길이 되려면》, 김승섭, 동아시아, 2017

《약해지지마》, 시바타 도요, 지식여행, 2010

《엄마는 페미니스트》, 치마만다 응고지 아다치에, 민음사, 2017

《오늘은 잘 모르겠어》, 심보선, 문학과지성사, 2017

《우리는 숲에서 살고 있습니다》, 곽진영, 더블유미디어, 2020

《이 모든 괴로움을 또 다시》, 전혜린, 민서출판사, 2002

《이기적인 슬픔들을 위하여》, 김경미, 창비, 1995

《인생의 태도》, 웨인 다이어, 더퀘스트, 2020

《잃어버린 영혼》, 올가 토카르추크, 사계절, 2018

《자기만의 방》, 버지니아 울프, 민음사, 2006

《작대기가 꼬꼬장 꼬꼬장해》, 소수연, 코뮤니타스, 2017

《점》, 피터 H. 레이놀즈, 문학동네, 2003

《죽음의 수용소에서》, 빅터 프랭클, 청아출판사, 2005

《지금 여기가 맨 앞》, 이문재, 문학동네, 2014

《착한 아이의 비극》, 가토 다이조, 한울림어린이, 2003

《천 개의 공감》, 김형경, 사람풍경, 2012

《철학, 인간을 답하다》, 신승환, 21세기북스, 2014

《파란 시간을 아세요?》, 안 에르보, 베틀북, 2003

《피로사회》, 한병철, 문학과지성사, 2012

흔들리는 마흔에 참 나를 되찾게 해 준

엄마의 문장

ⓒ 길화경 2021

인쇄일 2021년 1월 4일
발행일 2021년 1월 7일

지은이 길화경
펴낸이 유경민 노종한
기획마케팅 1팀 우현권 **2팀** 정세림 금슬기 최지원 현나래
기획편집 1팀 이현정 임지연 **2팀** 김형욱 박익비 **라이프팀** 박지혜
책임편집 박지혜
디자인 남다희 홍진기
펴낸곳 유노라이프
등록번호 제2019-000256호
주소 서울시 마포구 월드컵로20길 5, 4층
전화 02-323-7763 **팩스** 02-323-7764 **이메일** uknowbooks@naver.com

ISBN 979-11-91104-04-2 (03810)

- — 책값은 책 뒤표지에 있습니다.
- — 잘못된 책은 구입하신 곳에서 환불 또는 교환하실 수 있습니다.
- — 유노라이프는 유노북스의 자녀교육, 실용 도서를 출판하는 브랜드입니다.